天星诗库·学人诗丛

耿占春 著

我发现自己竟这样脆弱

耿占春诗选 1988—2018

山西出版传媒集团 北岳文艺出版社

·太原·

图书在版编目（CIP）数据

我发现自己竟这样脆弱 / 耿占春著. — 太原：北岳文艺出版社，2019.4
ISBN 978-7-5378-5911-0

Ⅰ.①我… Ⅱ.①耿… Ⅲ.①诗集－中国－当代Ⅳ.①I227

中国版本图书馆CIP数据核字（2019）第083452号

我发现自己竟这样脆弱

耿占春 ◎著

出品人 续小强	出版发行：山西出版传媒集团·北岳文艺出版社 地址：山西省太原市并州南路57号　邮编：030012 电话：0351-5628696（发行部）　0351-5628688（总编室） 传真：0351-5628680
选题策划 刘文飞	网址：http://www.bywy.com　E-mail：bywycbs@163.com 经销商：新华书店
责任编辑 范戈	印刷装订：山西人民印刷有限责任公司
封面摄影 红土	开本：787mm×1092mm 1/32 字数：177千字 印张：7.375
书籍设计 张永文	版次：2019年4月第1版 印次：2019年4月山西第1次印刷 书号：ISBN 978-7-5378-5911-0
印装监制 巩璠	定价：49.80元

本版书权为本社独家所有，未经本社同意不得转载、摘编或复制

目 录

辑一 | 时间的土壤

003　时间的土壤（第二章片段）
006　时间的土壤（第四章）
014　歌（一）
020　歌（二）
027　停　留
029　冬　日
030　耳中圣殿
031　夏　天
033　哭泣的火
034　音乐与风景的毒素
035　深　夜
037　今　夜
039　雨　声
040　幽　灵

041 青年时代

042 夜间的火车站

043 一个回忆

045 日常的魔力

047 新年超市

049 春天去黄泛区

050 经嘉峪关去敦煌

辑二 | 西域诗篇

053 奥依塔克的牧民

055 巴里坤的庭院

056 采 玉

058 高 昌

060 龟兹古渡

062 喀纳斯河短句

064 喀什老城

066 轮台胡杨

067 密封的喀什噶尔

069 南风与葡萄

070 帕米尔

071 其尼瓦格

072 萨依巴格

073 沙雅：萨塔尔

075 莎车：苏菲的城

077 塔什库尔干

079　吐鲁番车站
081　吐峪沟麻扎
083　库车大寺
084　再访石头城
086　在阿勒泰
088　重访塔什库尔干（一）
090　重访塔什库尔干（二）

辑三 | 诗

095　八月的青海
097　白沙门
099　不　朽
101　长歌行
102　迟疑地
104　窗外的雪
106　当一个人老了
108　哀　歌
110　低　音
112　读书笔记
114　对你说，余虹
116　感伤时代
118　告诉我
120　莫　河
122　清晨的思想
124　十七世纪帝国意象

125	史书中的巴格达
127	世界的表面
129	是的，开封
131	碎陶片
132	停　顿
133	往生书
135	往世书
136	问卜者
138	我发现自己竟这样脆弱
140	午　夜
141	细碎的月亮
143	夏至清晨
145	献词：天命之年
147	需要的，恰如所有
149	雪已匆匆
150	遥　远
152	一个故事
153	一个人听雨
154	贼的故事
155	一只枭鸟的回忆
157	在午后，断续地
159	箴言：十三行
160	重返海南

辑四 | 世界荒诞如诗

- 163　世界荒诞如诗
- 164　寒　冬
- 166　论消极自由
- 168　旅途之歌
- 169　一首赞美诗
- 170　世界美如斯
- 173　精神分析引论
- 174　辩护词
- 175　论　恶
- 176　论神秘
- 178　论晚期风格
- 180　论　诗
- 182　在喀拉峻草原
- 184　茶卡记忆
- 186　论快乐
- 187　在孩子们中间
- 189　记　忆
- 191　火车站
- 193　失败者说
- 195　梦　魇
- 196　在陈子昂墓前
- 198　清晨的德性
- 200　论谣言
- 202　论死亡

- 204　夜闻苍山
- 206　在他人的土地上
- 208　致幻的蘑菇
- 210　论词与无
- 212　彩　虹
- 214　无　名
- 215　深呼吸
- 217　论衰老

219　后记

辑一 | 时间的土壤

时间的土壤(第二章片段)

第二章 第二节(片段)

在夏日的高原上

看见青草和豌豆花像蝴蝶一样摇曳的

曾是我。我,不是别人

它们早已变成芳香的干草

它们早已变成粪土。没有人再认识它们

风和骆驼也不再认识它们

可就是这些令人惊异的格桑花

蝴蝶的彩翼,豌豆的清气

我曾看见它们在晚风中飘荡

这是一部广阔无比的历史

草,花,蝴蝶,它们

有神秘高贵的世系

世界啊,你的见证人也会死去

在我之后,你将变成什么呢

在我之后,高原上那些青草和豌豆花

才最终终止了摇曳

一个生灵消失了,就消失了
一个世界,一种历史。不多不少
一个独展风姿的时间之谜
就随之终止

第二章 第四节

到了这儿,已临近除夕,就是
时间快过完了。时间到了,我来到小镇的市集上
这是一年中最后一天的下午
人已寥落。风卷起纸屑垃圾溜着
冻硬的地皮,空荡荡的没有时间的街道
早早关门的老店铺,风中的招牌
低矮灰瓦的房顶飘溢的炊烟
混合着少有的肉香,和没有散尽的
爆竹的呛味。此刻,现在
随着劳作的人们滞重的车轮
时间到了。这是一年中最奇妙的时辰
时间到了

时间没有了
这里有你真正的欢乐:时间消失了
没有时间的时间,就只有此时和现在
那一直未曾发现的国土就显露出来

那未曾享有的欢乐就是
时间的完整形态：在时间之外
时间永远是现在

现在是处女的时间，童贞的时间
而等待，静处，使时间无比贞节和空洞
新的时间将被诞生

节日这一天似乎是时间里头多出来的一天
这多出的一天出自上天的恩典
让凡人们也来到时间之外，过神祇的日子
时间停下来舞蹈，在众神面前，现在
订婚与结婚的时间，怀孕与诞生的时间
祭奠死者的时间。店铺开张的时间
是一个中介，进入循环的开端
节日。似乎一切消失的重又回来
这天吃饭给死者摆一双筷子
一只灵位一样的碗，一只酒杯
与神灵对饮。这一天，天地人神鬼没有界限
连仇人相见也相互祝福
这是时间的仁爱

时间的土壤(第四章)

1
我用一种神秘的方式把火
贮存在自己身上,不燃烧
不熄灭。把水储存在自己身上
使水火如此相融,就像在血液中
水通过我的身体运动
火通过我的身体运动
气和土通过我的身体运动
轻盈的和沉浊的一切,元素通过我的身体
循环往复。携带着来而复去去而复来的
时间。永远的灭绝永远的驻留

这杯中的水是一个象征:如果不是
自神秘的灵运行于黑暗的深渊
就已存在,此后谁又能
把它创造出来?如果它自混沌初开
就已存在,你怎能喝尽这杯中水
水就是时间与永恒的化身,不会在你这儿终结
它只是经过你,穿过你的身体运动

就像另一些浩渺的水域穿过宽阔的河道
永不停息地运动

经过此时和现在。经过你流动的泪
曾经飘在一朵云上，悬在一叶草尖
在一个夏日存在了短暂的瞬间。你的泪
曾经是一个女子从清晨的河里提水回家
在更古老的世系里它曾经是另一个人
无人知晓的忧伤。现在飘落你发丝的
冷雨和尘埃，曾经是在情欲中战栗的骨肉
它为一个人而痛苦地燃烧
然后以灰烬告终

你，那口称着"我"的人
你跟这个世界再也无缘无故？
一切都在无限返回的万物之流
唯有你不再返回。永恒的生命
属于天地之间的水、火、气和土的运动
唯有死才是你自己的。那毫不迟疑地
口称"我"的人，如此感情用事的人怎么能够灭亡
又怎么能够生成？

2
即将离开的地方，滋养着
一种痛苦，一种爱。今晚我借宿的客店

这山谷、树林、夜空是我即将离开的地方
此时此刻和很近很近的过去
还悄悄散发着体温，是我就要离开的地方
我知道我在这里又不在这里
我知道我是自己又是另一个人

每一次我所离开的地方
都有一个我永远地留在那里
被爱所切割，被怀念所分离，无数的我
就散失和居留在早已离开的地点和时刻
像在灾难中散失的一家人
如今我失魂落魄地活在我所在的地方
我知道时间是存在的而又是子虚之物
我知道地点是真实的也是乌有之邦
我知道苦痛与死亡，最难以承受的时刻
因此会散发出梦的气息

3
我知道我自己是由这片大地造成的
是的，我就是泥土中长出的会说话的那一部分
这就是我如此热爱树木与河流的原因
就像岩石那样缓慢地生长，我从土地出生的时候
太阳走得更缓慢。如今我回忆起我的时间
居留在累累岩石葛藤蔓蔓中
那里有同样的天地和星辰，西风和石榴

有同样的欢乐和爱。当一粒中微子亲吻
另一粒中微子,源泉就从岩石内涌出

是我在岩石内更早地敲响生命之钟
比从塔楼里传来的声音更沉静
当我紧紧拥吻你时,我回忆起我的生命
曾经是一片蓬勃的雨林,紧紧地
吮吸着大地。在黑暗中火把血液送往
高处,枝头结出卵巢,临风而立

阳光和风在你的唇边
水与火在你的唇边
也在你的血肉之躯和一点点灵魂之内
是你使阳光进入我的口中,是你使风
进入我的呼吸,就像神灵最初对泥土所做的
你使万物进入的运动进入我的体内
我越来越辽阔,阵雨之后
我身上茂密地长满蕨类和地衣

但在我沉溺于泥土中的欢乐时
我听到你说:责任最大的是人
最小的是石头。我听见了
一切生灵呻吟着无言,等待解救
于是我从泥土中升起,向上走去
说着芝麻,开始了我的一生

使石头、树木、鱼和鸟
有了灵魂。我也拥有了
万物之灵

我离开石头和树木已如此遥远
以至不再听见钟声和风声
现在我开始像被挖空的大地那样瘦削
像高原上古老的河道,水已如此稀少
头发脱落如深秋的蒿草
泥土的人,留下泥土
让草长高

水,浩渺的水,大地永恒的元素
更浩荡地穿过这肉体和灵魂吧
带着自古以来人类的悲痛
洗净身上的罪孽,死亡
就不会在这个世界上最终占上风

只要你知道这秘密的知识
那丛生的草就是我伸向风的舌尖
那些花仍在携带着我而开放
请你以礼物的形式把我收回你的怀抱

4
不是我的血,不是我的呼吸

使人枯萎的,是血没有为爱而流,在自由中呼吸
只有当你完成命运,在死亡中
才能找到安息。永恒的睡梦像爱之后的倦意
充满了肢体。没有人了解时间
但时间唯有对人才存在
这就定下了回归的日期。如此匆忙
问题没有解决,甚至还没有提出
嘴唇就不再发出叹息

我把肉体归还泥土
把呼吸交还风,把思想、感觉和爱
交给你。这是所有从泥土中长出的东西
时间终于使它们慢慢成熟
像秋日宁静的果子,叶子和种子
金黄,饱满,显赫。生活的追逐和玷污
都已远离。我将踏上新的道路
像草丛在春天里轻盈地走向山坡
像在一种最纯粹的爱里献身
在最深处潜逃了自己。生命从未如此轻盈
在这新的婚床上,像失明的诗人那样说
死亡,我们失去的并不算多
你得到的也少得可怜

谁反对死亡,谁就是反对
时间和由时间产生的

万千变幻。但如果世界只有一种物质
只有火或岩石,那么就不会有变化
不会有死亡,事物永远是自己
但死亡,就永远是这个世界本身
因为正是吮吸生灭的事物

保证了世界的生生不息和它的纯洁
因为是那仅仅能生的东西才仅仅能死
不是水的死,土的死,或火与气息的死
能死的仅仅是生命,是口称"我"的人
但我已使那永恒的元素在思想和爱情中
经历了短暂的生存,使物质有了意识
这就是我的功勋。因此
时间不是你的敌人,而是盟友
而永恒性,即没有时间
才是死亡的象征

是时候了,时辰多么恰当
满月已在上升。就让我
死去一会儿,离开已如此熟悉的自己
我的船只,是一只飞鸟
它知道那条航道,诸神撤离的时候
留下了星星的道路

比宇宙小的一切生命都注定要受苦

因此你要把自己与它视为一体
时间就可能被取消。人仅仅是因为
不能将终结与开端联系起来而死亡
现在,是时间的终点和起点,时间
永远在开始的终结之中

歌（一）

1
此刻我面对的并不是那声歔欷，即使我想
把它听清。此刻是野芥菜开花的九月，
一个芬芳的浑身结满果实的秋天，就站在我的身旁。
它深藏的汁液和火啊，它辉煌的欲望和灰烬。
它无边的落叶就要在我的周围，铺开尸衣，
要把这唯一的夏天埋葬。秋天啊，
这让人不寒而栗的日子，连它的宁静
和明朗也令人心惊，连最微弱的，
最早的枯叶离开树林的声音。
那将要来临的，已经来临。

而我，已不能忍受秋日里最小的雨滴。
谁能解救我于这个秋天，
谁能于萧萧落木的时辰里独辟蹊径，
把我带回那个真正是我所在的地方？
哪儿？是盛满凉水和星光的夏天，
所有的果实、星辰和鸟儿，
仍生长在树上。像鸽窝一样温暖的

女人和春天,仍开放在树上。
为什么悲痛?还是我们幻想的悲痛
使自己更像一个神?而在漫长的路途上,
秋野,孤单而美丽的树,落日的风景,
已如此适合我悲伤的天性。或许,
更为适合的是我们赞美的语言。但不知
在这悲伤中固有的安慰,是谁的给予?

2

但我每日面临的并不是葬仪。有更多的
阳光和话语。现在我面临的,
是苍穹和岩石搭起的九月的门廊,
是匆匆而过的风和裙裾以及
更撩人的唇,不是为了说出,更光明的肩膀,
神秘胸脯的玫瑰山谷。我还能企求
比这更适宜肉体凡胎的天堂?然而
我能否对你们喊:停下来,
少女们,让我的命运停在你面前。
然而我能否对你们喊:
停住吧,世界,你多美啊!
那太多要说的话,仍让我无言。
你们的美,在我的痛苦中更是美不可及。
你们的美,是众美之美深藏的秘密。
你们的美,眼睛和丰盈的腿,渐渐远去的
脚步声,将成为我一生的苦痛。

一定的,你又要离去,不顾我的凄楚无告,
让我想一想:我又要多么孤独。
柔情没有杀死你?

3

是的,我所面临的并不是死。
现在我面对的是永不腐烂的群山,溪谷,
是又深又清如水潭的天空,和一潭的星星。
是影子,种子,心和钟守候着时辰的泥土。
但我面临的峡谷并不曾提出问题。
山谷仍不是咽喉,大地啊你的心脏在哪里?
你的嘴在哪里?吞噬下如此众多的子女,
既不心痛,又有如此良好的胃肠?
沿着山坡蜿蜒而去的小路并不提问。
石头也不,远去的河也不。
这个多汁而成熟的秋天并不提问,坐在枯树下的
更多汁而成熟的妇人也不。它们守着
你的秘密,掉头不看受折磨的脸。
但意想不到的诘难就摆在这儿:
峡谷,山路,阳光和岩石将永远存在。
这是未经触动的世界。它们在人的
欲望和统治之外,非人的,无比完美。
至于我们,是这儿的异乡人,
对着这永在的一切顿生悲痛。这个
没我也如此的世界,

是多么冷酷,又多么美好。
这个没我也如此的世界为什么
偏偏有我,并为我而在?

4
看那些棺木,高悬于红叶丛生的峭壁之上,
留在这里让它们慢慢衰败。
用以显示我们的过去和将来。它把
他们活着没有懂的事情,摆在我们面前。
我们的问题在圣殿一样的穹窿中没有回音。
正午的阳光变成了黑暗。烛光熄灭。
像一个人,被关在了庙堂中。
可是,那为一吻而生辉的脸和泥土是多么不同。
那光明的腰和泥土是多么不同。
她们的一生,总在沐浴中。
此刻我是多么思念
那纤尘不染的肩膀和胸乳啊。
那儿在夜晚流注着一切感官的香蜜或毒液。
啊,唇上的毒液,红罂粟,让我死。
为什么活?为什么她们竟然是泥土中
最易腐烂的土,风中最易逝的风?
我能向什么样的神明呼号,
向何处的祭台献上喘息的羔羊。
但肉体像一团泥,为时间的手所雕刻。
变美为丑,变生机为衰老,以至

在被粉碎时不再觉得惋惜，而是
纯净了大地。说吧，我是否应该感激你？
是否我必须把双手埋进脸里，
哑然而泣，并且你要我说：一切
都尽善尽美？
在埋葬着亲人尸骨的大地上，
除了爱和悲痛，我们还能有什么呢？
除了不胜悲痛地去爱，我们还想有什么呢？
还是你的意志还是你的游戏，
这一抔土竟形成了我的头颅。
一点水，一点火，一点岩石，半明半暗的
记忆与预感，分不清真实与梦幻，
把更多的纯洁和美放在眼光里，
而非事物中。并把你的世界塞进了皮层中。
光与影的大地已是停工后的景象。到处
是弃置不用的石头。在那以后，你就听任
我们自己作践它？听任我们盲目的愤怒
烧毁自身？只扔给一只躯壳，你就拒绝
再会见我们？为什么要有这偶然的生命，
来担当世界的美丽，为什么让我询问
云影与大麦的意义？为什么让我
看到了少女的星星，为什么
让我痛彻心扉地来歌颂？

5

你的歌是另一种血。
来自伤口。你以你的伤口歌唱。
在你自己的创伤深处,你能拯救谁?
世上有哭泣。但你的职责是
歌颂,更美妙而痛苦的职责
是爱情。而爱啊,永远使你一败涂地。
歌是你避难的地方?你歌唱过去的
少女和季节,死神不能再走近。但你
却把自己留在歌唱后的空寂里。

歌（二）

1
记住这条峡谷，记住山中时明时暗的温暖阳光。
记住此刻峡谷的那端垂下光明的琴弦，
在群山的静谧中发出和记住这些危崖峭壁，
怎样把沉静的苍天
和大地连在一起。现在和永远
记住此时一只苍鹰有力的双翼在空中停滞了时间。

此刻我只想终生牢记这些山峰，牢记
这山峰之上的云光和日影。牢记住这些
山风一阵阵欢响的松林，要暮色中漫步的
山谷、跫音，以及山间的房舍、木栅、鸟儿离去的
枝条在沾湿的雾气中的震颤。它们使你拥有了
那无人能够拥有的秘密：现在。

你唯一的使命，就是在此时此刻生存
发愁，感激，因为你只有现在
才算活着。头顶上空苍鹰已经飞走，
云已散开：你还是你？

2

这些木蜡树,开着红花,阳光把它的阴影
投在草坡上——这是说:你存在
这是太常见,以至你看不见。现在
仿佛它们并非已千古,而是重新从你心里
长出来。不要以为你既不会眷恋这片阳光,
也不会留恋这条蹄印的山路,不要以为
你不会记住点燃松明了的熏黑的房屋。
在那个永不会再见的少女的顾盼中,
不要以为想象中的痛苦不会折磨你。
与你无关的,是多么神秘的生命。

此时如果有歌声,你就轻轻恳求:允许我
允许我存在,允许我爱,允许我永不忘怀。
我能在哪里,在哪一座山中,哪一个时辰
再见这令人惆怅的美丽的秋阳。再见到
山中少女那令人怅望的长睫毛下的
风和天空?这情景
我能在哪一度空间中再度重逢?
然而这一切我都无法留恋,我将匆匆
而过啊。为什么我不永远留在现在
留在你的芬芳中?为什么不永远?
山中的居所啊,我站在溪水边,望着
拎篮子的少女走过,一个小男孩靠在树根上。

你们是我不能去爱也不能安慰的人。
你们的沉默比溪水更宽。我在这里
等待着更伟大的：一位上帝或一艘船。
然而我仍爱这草场，河流，阳光。
在往后的日子里，它们仍会用宁静和美，
使我心悸。我也一定会知道，
你们仍在这世界上，虽然
杳无音讯，也不会被人提及。
但我一定会知道，
你们和我同时活在这个大地上。
那么忠诚，那么孤单，生前死后，
地球，是我们唯一的相会之处。

山中的一所房屋，如一个少女，
并不是你的栖身之处。但她们
慢慢地在你心中升起
这温柔如疼的感情。在你心中
升起这苍苍群山。山峰一面沐在月光里，
另一面隐匿在幽暗中。就像你
半是痛楚半是爱情的心。在苦难
而又短促的一生中，只要她们存在，
并以她们的光充溢你的黑夜，就是你一生
无从回报的恩惠，即使你用整整一生
为美而苦痛。

3
那些你永远不能再见的人,
曾站在这山峰之上高喊"胜利"!那又怎样呢?
曾有一对恋人高居于风景之上,为这千古的景色
增添过一点东西,那又怎样呢。
我要知道,要歌唱和誓言之后,
还会剩下什么;我要知道
在哭泣和陶醉之后,我们还能剩下什么。
我要知道,在我结束了匆匆行程。
什么还会留在世上,重新结晶为生命?
在另一些这样的现在,在九月,在风中,
我借用的声音和眼睛已被收回。
像这个九月的浆果在大地上消失得干干净净。
那时,不论谁来到这里,
请想起那个曾想起你们的诞生的人。
用一句善良的话想起他的生命。
在你们的眼中我就会再次看到秋阳。
在你们的耳中我就会再听见我爱过的歌声。
在你们的脚步中我将再次走遍大地。
在你们的泪水中我将不再哭泣。

4
我沉思:一棵树。一棵树另一棵树。
它们就生长在这个世界和另一个世界的边缘。
你看不见?它们是一道无形的门户,

在不慎分神时,我就走进了
另一世界:一棵树。
天国不在另一世界或死后,
天国就是你以永恒的目光看到的
现在,就是你以美的目光看到的
山与树。此时唯有你知道,
它们是门与路。
我沉思风中的一棵美丽而孤单的树。
我沉思那只剥开橘子的美丽的手。
我沉思一湾黑发的流淌。
我沉思闪烁不定的流连在最高处的红叶上的
夕光。一只白鹤,一只脚站在牛背上,
陷入了另一种沉思:白鹤的上帝
统治着这个世界。这时似乎
世上没有罪,没有痛苦,没有枪声。
甚至连爱情也没有——只有照在
那只橘子、手、叶子和黑发上的夕光。

但一切都稍纵即逝。这是美的
本质。无视瞬间真实的人在时间中
将一无所获。但你将生活在你记住的
事物中,生存在你眷恋的时刻。
没有事实。每个人都像
孤独的冥府之王,统治着
幽灵和幻象。

5
一颗星在闪烁了,我仰望着。
在寂静的、松香味山谷的上空硕大的星星,
像一些已逃到天上的魂灵。而回答中的问题,
重又重现,但不再是话语
而是歌声。哦,歌声里有更多的智慧。
瞧这些活着的人们,在虚无缥缈的
行星上的居民,早已闭眼不看星星。
星群不知道他们的功勋,不懂得他们的血和柔情。在惊吓中,
只有脆弱的美引向一种安慰。
此刻谁居于星辰之上,
俯视我的痛苦,此刻谁
永在那最初的时辰俯临我的世界?
既然我早已孑然一身,为什么又要让我的心
渴慕着整个世界?既然你安排了
我朝生暮死的形同虫豸的命运,为什么
又让我从那里感染了永生的渴望。
你让我这个易朽的身躯到这个永不腐烂的
岩石的世界中寻找什么?

6
而我不能不诉说你的过错,
是在风景之外,创造了奢侈的
意识,这是自然的生命所遭受的

原始的创伤。我们像受伤的鸟兽,
一样地哀号、怒吼、沉默,有的却在歌唱,
使他的同类更为愤怒。但你只允许歌声
抵达你的高处。也许只有那些
已经获得幸福的人你才肯拯救。
我承认,这是我不懂的事情。也许
如果我感到欢乐,这欢乐并不是为了我
如果我疼痛,这伤口也不在我身上
如果我哭泣,这源泉也不是出自我
而是来自大地的心脏。这难道
正是我所歌唱的?也许。

停　留

我的停留不会太久了。
我的烦忧不会太久了。
那我该不该为这个世界而有太多的哀伤呢？
我活着的时候，
我热爱的黑眼睛会在我闭着的眼睛里出神，入梦。
为我召集天上的宁静、微波与轻风、行星与恒星。
我看见的鸟会在我躺下的身体里继续飞翔。
在那里展开的更深的天空。
在那儿聚集起一个夏季的风暴。
一场大风，大片庄稼奔跑起来，
像畜群耸动着脊背……
如此我就会眷恋自己的生命，
因此听、看与摸，就是幸福的几种形式。
因为清秋傍晚，西北天边的露水闪。
穿堂风，玉米的红胡子和夜里降落的雪。
因为雪在大街上的融化的日子，到处都扑满了啪啪嗒嗒声。
声音里的事物是我欢悦的耳朵，
能看见的一切也是我的眼睛。
北方四季分明。存在的事物正是我的心里所想的。

雪松，扁柏，火焰与芍药，一行白杨已高如深秋。
自然的安排高于智慧。
在我最终要去的那个世界，
我不企求光明的玫瑰，我只要
在常见的阳光中，在松枝下， 一层层积雪晶莹，
在我路过的时候，
扑扑嗒嗒灌满我的脖颈。
一双黑眼睛，看与被看，听与被听，摸与被摸。
轻柔如弱的摸，是手和腰肢在孤独地唱歌。
与痛苦相称，
这里定然有我的巨大的欢乐。
在眼睛、手、耳不及之外有想象的真实之物。

冬　日

在背阴的树杈间,一点雪和一只麻雀。
有什么真实可言?但又真是这样。
存在而无意义?一只麻雀和积雪,
在冬日光秃秃的树枝间。

世界不缺少一只麻雀和它的羽毛,
它无益的叫声。但眼前就是世界:
一只麻雀,在积雪上,在秃树枝上。
谁还能比它们更像这个冬天?

耳中圣殿

瞬间是一个悲剧事件
音乐流经此刻的每一点
梦在其中成型，伸展
然后消失。声即是空

当歌声结束，时间
荒凉起来，深入秋季的深处
房间是一座声音的遗址
一扇轻门再也无力打开

一座在声音中显现
又在声音中消散的圣殿
耳中圣殿无人居住。乐曲的终结
是一个无法讲述的悲剧故事

比谋杀背叛更为可悲
不朽的神显现了一刻
无人在场。听者是
向黑暗内部扩散回音的废墟

夏　天

夏日绿叶中的一些绿叶，已经斑驳，
像一只脖颈褪毛的鸟，蹲在我的窗外。

鸟儿梦见什么？它仰望天空的脸色，
它俯视土地的脸色，因失去绿色的血液而苍白。

绿啊，你娇嫩的时刻，那热爱的心是那么疼痛！
我知道美，会转眼成空。绿啊，

我们就像春天和秋天，隔着夏天的叶子
相见。告诉我，夏天会死去吗？

鸣禽的夏天，蜜蜂和紫甜菜的夏天会死去吗？
神灵啊，你需要这么多的牺牲吗？

绿叶已在风中哗哗地流淌，水珠四溅，
呜呜的哭泣之声已经响遍。

听啊，夏天张起绿色的翼飞过，

羽毛就纷纷脱落，唱着哀歌，葬入天空。

哭泣的火

人间如此的邪恶也不能改变
夏季的步履。它绿色的血液里
竟没有一滴愤怒。夏天的统治
在树冠上展开。在陈旧制度之外

更新了世界。谎言养育的孩子们
已匆匆掩埋了真理的遗体。
颂歌光芒万丈：枪杆子里面出
政权，让秀才们沉默。

悲愤是卡在喉头的岩石。
泪水却发出了火焰的尖叫。
谁敢失声痛哭？用笔尖上的泪写下
这首无声的诗只是火焰的一阵哭泣。

音乐与风景的毒素

你何曾踏上过复活的柴堆
就轻易地来到三峡的风景中?
仿佛血液已被树丛染绿。
这是多么荒诞的感觉:耻辱的火
不是还在你血液中焚烤?

在黑色的童话王国历险,
只有魔王才天真无辜。在一片
饥馑土地的重重围猎中,在夜晚深处
一支十九世纪歌声的宁静里,
我的幸福就是犯了重婚罪,无地自容。

一切美好之物都已染上时代的毒素:
音乐、爱恋、风景:已成为我们的禁果。
厄运会过去的,可生命会消失得
更快。如果不能用内心的声音说话,
那就在内心的声音中沉默。

深　夜

一种细小、哽住的哭声
把人惊醒。在深夜

对面楼房里一个女人的饮泣
或者只是类似哭泣声的风

竟然会有那么多声音
模仿了啜泣，在深夜

梦想已经消耗殆尽
世界的噩梦还在加深

就像现在：根本无人
漏水的龙头，不明来由的嗡嗡

像压抑得使嗓子胀痛的
呜咽，使人惊醒，谛听

世界最古老的法律

一个幽灵,在哀鸣

今 夜

今夜在我的思念中,死者会睁开
他们泥土的双眼,死者会看见
我们闭眼不看的溃烂的风景。
到了有雨的夜晚,谁又去想
去年山中的牛蒡草,去年
春日东去的列车上,
一个被癌症折磨的四岁女孩祈望父亲的眼睛。
那颗小小的灵魂而今到了哪里?谁又去想
此刻在草原上独自行走的女人,
带雕像的广场上的血。现在
雨声淅沥。谁敢冒险有一个信仰?
在黑暗中,那重复不已、呼唤不已的声音,
渐渐沉入一本书的肺腑肝肠。谁,
是向人类说话的人,人类
在哪里?一只臂弯和一个世界
已脱离风中的芥菜和躯体,而独自
被你想起。伸出的手握不住风。
它们是否已生出了双翼,在那稀薄的
空气中?而这时候雨声淅沥,

谁敢向整个黑夜发出呼唤,而不致发疯?
寂静会盖过那重复不已、呼唤不已的
声音。谁,
敢让耳朵躲开谎言而去倾听,滴滴
沥沥在心的寂静?想吧,
想吧,只是不要怀有希望。
想吧,心啊,现在世界就靠它了。

雨　声

雨声总是唤起一大串回忆，
一场落在别处的雨混入这个夜里。

开始我梦见德令哈的早晨。
一片黄杨木从雨水里喀啦啦钻出。

小村庄严阵雨中的鸭子的叫声，
蹼掌和脚丫在泥地上留下一些水洼。

被车灯或闪电照亮的雨线，
甚至路边叶子上的纹路。

我承认，雨声，风声，更凄厉的哭声，
我不曾忘记，不曾描绘。

无数次雨水向今夜汇聚，
我听见那么多的事物向我呼救。

幽 灵

幽灵已无处不是。风的手指,火焰的腰,
那仍旧隐蔽着的脸,是谁?
在微风瀲瀲中走近,在松树的烟里隐去身形。我回头时,
三十年间的我,已弃我而去,在光明的庭院里。
三十年的炊烟散去。什么是
他所吃的苦,和他所流的蜜?
你的一生,已从你的身上死去那么多人。
而今替你活着的人,是谁?
谁还能比这样的世界更加虚空,在日暮里
并不惧怕烟,他胆敢活下去?并不惧怕
那一群扑翅着巨大薄翼的黎明
已垂入地下。就要凋零的嘴,
在上升的淹没里,宁静赞颂。
田地、豆垄、菜园边的狗,冬日的鸟巢。
可以重逢,只是过去的天空,
蔚蓝,黑暗,日日可见,
一无所见,那是没有任何祈祷能感动的脸。

青年时代

如今你已在我的梦中衰老,我
也不再梦想改变生活,现在
衰老的是梦想,甚至已经承认

谁也不能与另一个人携手
走进天堂。但你走在黑暗街角的
单薄身躯仍使我内心软弱

你无奈地抚摩一只小猫,重复着
我得不到的爱抚。悲哀
披着一件黑夜的衣裳。你的叹息

如同世界古老的法律。一只
沉默的猫,曾经看着我们
如此冷静、简单地告别青春

夜间的火车站

他走向夜间的阳台。穿过城市中心的
火车轰鸣声由远及近,由近而远。
"我已经订婚了",她说。眼里的泪

掉下来。她不是一个姑娘,而像是
一个遥远的地方。她:一个远方。
他一直想去而终究没去的地方。

这个地方已经消失。任何一列火车
都不能抵达。铁轨碰撞,汽笛轰鸣
在城市的中心:生活的远方已经消失。

一个回忆

一个回忆：满地月光的庭院。
二月还是十二月？
冻土地如履薄冰，
一片宁静的光明——

洼地上沾满月光的柴火，
风雨剥蚀的土墙，
乌黑发亮的门环，
都能说出生活的根源。

白晃晃的月明地儿，
我曾试着去读一本书。
栖息在树上的鸡，
使月光发出咕咕的声响。

没有门，没有树，没有鸡，
没有那时：一个回忆。
为何苦难已觉遥远，
只剩月光一片？

没有任何人间的力量,
能够重视那个时辰:凉夜,庭院,光。
仅仅因为它们存在过,
就这样使用悲伤?

有过一种生活吗?有过一个
月光一样贫穷的村庄?而月光仍是洁白,
有过一种生活:月光满地。
有过一种弥漫枯草气味的月光。

有过,什么能改变这一点?
以更多的热情重复:有过。
而此刻,月光满怀的回忆。
乌有之家的门环伸手可及。

日常的魔力

我从未把它当作一条界线
事实上它就是：对面的院子
隔一条马路。但也许
我一生都没有什么理由
走到那里。在这儿我已住了十年
每日自由自在地，从那个院门前走过
从未走进去。一种不成文的必然
使我的自在失去许多含义。我看见
对面楼房一间封了起来的凉台上
有一个姑娘，一个身陷爱情的女人
在厨房里忙活。她的那些炊具
我应当不会陌生，她拿起的
酱油或醋也很可能与我使用的
是同一个商标，同一种滋味
然而，是什么使我有理由去想
那儿可能有一种未知的
不同方式的生活？是一条界限
是某种暗藏的必然，是某种
不自由？这时候就有魔力

抬高了那条街道，那扇
有一个单薄的身影的窗户

新年超市

丰衣足食的乐园,俗世的天堂
牛奶、蜜、饮品、音乐
和鲜花的芬芳,如同乐园里
四条河在轻轻地流。硕果累累的
货物的丛林,牛羊和飞禽走兽的
货架的山谷,快乐的漫游者
比从前的旅行者更悠闲地
徜徉徘徊,果园,溪谷,牧场
海洋和草原:一个肥沃的
大自然。自由的新经验,只要你
喜欢,就只管伸手放进手推车
外面已经飘起零星的雪
超市仍然是暖洋洋的春天

在出口处,在车拉篮提的一群
新上帝们中间,一个妇女专注地
抱着她胸前的一小块火腿
两瓶健力宝,两把纸卷的挂面
她正伸手从绿方格呢子上衣里摸出

一沓钱,跟她的衣服一样无法伸展
它也足够付怀里的账单,而且
还会剩下坐101路电车的钱回西区
工人新村。雪片已经在昏黄的街灯下
纷纷扬扬,"她怀抱着的这些礼品
也许足以给等待她的孩子带去
一个真正的节日",把一箱子
东西搬进出租车的时候,想到
这一点,给我带来了意外的安慰

春天去黄泛区

通往乡村的路，拥立的白杨
萌发出土黄的叶子

迟疑不决的幼芽吐出
苦味的芳香，在清明节前

贫穷和营养不良的颜色
泛滥的洪水和月亮升起时的颜色

病怏怏的太阳和半元音的颜色
死亡、土陶和黄疸病的颜色

土地的颜色，泥泞的颜色
稻谷、红薯和玉米的颜色

经过下界的轮回，迟疑地
吐出悲苦中的一丝欣乐

经嘉峪关去敦煌

早晨最先亮的是祁连雪,接着
一排白杨,晨光刷新了关城外
一座黄泥小屋。大地一层层亮起来

黑水河穿越红柳和烽燧的戈壁滩
西域苍穹随着车轮旋转。一种支配感
透过青春,呈现出意志的轮廓

犹如梦的起源,在多年后的午夜
渐渐明朗,一个宏伟的清晨
温暖,宽阔。沿着沙漠丝路

在记忆的核心,如此飘忽的
敦煌,在车窗外闪过,犹如纷繁的
神秘观念,一层层转入幽暗

辑二 | 西域诗篇

奥依塔克的牧民

"对我们来说,夏季很短。"
一个柯尔克孜老人,在夏天的山中
身着棉衣,戴着护耳皮帽
喀什噶尔的熊先生把柯尔克孜话
翻译给我:"九月里我们就得
拔掉帐篷,赶着牛羊下山
一米多厚的大雪会覆盖整个
奥依塔克,直到来年五月踩着雪水
流淌的山路上来,那是我们
一年中最快乐的时光,小牛羊
就要吃到嫩草,我的孩子们
也喜欢到这里撒欢。我们的生活
被分成两瓣,孩子们也是
她们要上学,在柯尔克孜学校
学维语和汉语,在家里跟我们
说祖先留下的语言。她们知道
不学习不行,学习完了
也不知道怎么办。我的一个女婿
在山下教书,一个女儿在四天前

刚刚生下一个男孩,另一个
大女儿正在帐篷里给她擀面
我们牧民很穷,舍不得吃肉
已经习惯用我们的牛羊换取米面。"
"你们的奥依塔克很美,"我说
"等这里旅游开发了,你们
就会富裕起来。""开发与我们牧民
有什么关系?赚钱的是那些开发的人
我们会失去这个夏季牧场
我们的奥依塔克将会属于别人。"

巴里坤的庭院

过去的岁月遗留下汉城和满城
高大的生土城墙,耸立着西北白杨
金黄的向日葵照耀着唐朝
都护府的遗址,塞种人的岩画
草原石人和蒙古骑兵的
圆形石马槽,历史已经慢慢成为
天山北麓的风景。现在天山积雪
照亮了松林,巴里坤草原上
哈萨克人的帐房飘起炊烟
日近中午,我们在巴里坤
古城墙上散步,墙脚下的庭园
洁净,明亮,一个老妇人
收拾园中青菜,一个年轻的女人
正伸腰晾晒衣物,进出
她们的小平房,唉
中年的旅人突然厌倦了旅行
渴望在异乡拥有一个家,在八月
豆角和土豆开着花,而城墙下
堆放着越冬的劈柴,在八月

采 玉

到了十一月,采玉人就会下到和田河
上游,喀拉喀什河的两个支流,采玉人
把它叫作墨玉河、白玉河。他们赤脚
在漂浮着冰碴的河流中,凭脚底听玉

喀喇昆仑山冰雪覆盖,犹如年老的智者
在深山腹地提炼哲人之石。一切石头中的
石头都梦想转换为玉,那些修行的石头
躲藏在昆仑深处,缓慢地走向玉石的核心

冰雪遮盖着喀喇昆仑,传说中的
圣贤在洞中辟谷修行,狼嚎也不能惊动
他的一根睫毛。直到身上长满青苔
直到心中的道德如美玉一样诞生

此刻它不能被惊扰不能被唤醒
采玉人已经遗忘了为什么踏入冰河
他苦行一样地行走,直到一股钻心的冰凉
温润地从脚底上升,采玉人终于找回了

自己:羊脂玉一样温润的时光,此刻
采玉人就是一块墨玉。万物都在转变
但它也是一个危险:没有在行走中
转换的采玉人,会突然变成一块石头

高 昌

高昌的圆形佛塔依然屹立,无数的
圆形窗孔,依然是观月的好地方
大佛寺内残存着的壁画,似乎依旧
等待着同一个画工。历尽
千年,这个城池依然痴心等待
一个约定:面临国破城灭的高昌人
集结在夜晚的广场,他们发愿
千年之后还是他们,还要来到
高昌城的广场,一起赏月

现在,清真寺与故城佛塔遥遥相望
故城门外是维族人的巴扎,是他们
葡萄浓荫下的家园。废墟依然是
文明的中心,做生意的维族人和旅行者
组成高昌王国每日临时的臣民
维吾尔的毛驴车在正午的街道上
一路扬起飞尘,匆忙的游客难以分清
何处曾经歌舞宴饮何处玄奘
讲经说法,隐形的城市

亡灵的居所。如果能够再来高昌
一定是在明月之夜，我将跻身
那群高贵的亡灵，从死亡中归来

龟兹古渡

干涸的龟兹河。古渡的傍晚
尘嚣甚上。羊群正穿过碎石的河道

玄奘渡河西行,罗摩鸠什去往中土
龟兹河浩大的水势,如诵经声

城外的苏巴什佛寺已成千年遗址
岸边清真寺守护着神灵渐弱的呼吸

不知从龟兹到库车,从此地
到此地,故事已像河水远远流逝

月光下的向日葵守护着谁的家宅
库车的安谧泥屋,是谁的居所

黄泥墙面疏影如水,唤醒
一阵阵龟兹河的浩荡。起身夜行

我愿意属于一条古老的河

我愿属于一个故事,让死亡微不足道

我愿相信一个神,我愿听从流动着的
先知的话,住在龟兹河的月光庭院

喀纳斯河短句

喀纳斯河,在我写下这几个字的时候
我知道,你仍在一个真实的地方流淌

你在阿勒泰的山中奔涌,在白桦林
和松林之间,闪耀着金子一样的光

在夏天与秋天之间,你不是想象的事物
但此刻,我差点儿就把你从心里想出来

我在你的河边歇息过的石头不会有什么改变
而你岸边的白桦树正一天天呈现秋日的金黄

当我写,"喀纳斯河在流淌",这些文字不会
改变你的行程,不会增加或减少一个波浪

就像远方的朋友,不会受到我想念的惊扰
此刻他和她或许正推开院门,吹着口哨

"喀纳斯河":这仍然是你的一条支流

穿越字里行间,你依然在我心中滚滚流淌

喀什老城

土城的老街巷,过去的岁月
深入迂回,在清真小寺门口完成
时间的循环。依偎家门的孩子
他们的眼底流淌着小溪,碧玉闪闪
小小寺院上空的弯月、雪山和青杨

你看见过长大的孩子眼中的玉
变成了石头,礼品与信物
变成武器准备投向他的敌人
锋利或是浑浊,眼神在伤害中改变
小小寺院上空的弯月、雪山和青杨

直到暮色从眼底升起,神会再次
光临他的眼睛。每个维吾尔老人
都像玉一样坚实而温润,年复一年
诵经声和木卡姆的福乐智慧洗涤了
小小寺院上空的弯月、雪山和青杨

喀什城东面塔克拉玛干沙漠

北面天山，西面帕米尔高原
南面喀喇昆仑。喀什噶尔
是一块墨玉，在维族老人的眼中
小小寺院上空的弯月、雪山和青杨

轮台胡杨

季节在轮替,热开始变得
温暖,冷暂且还是凉爽

大片胡杨林中有几棵
先得秋风,摇曳一片橙黄

在最激烈的集体谢世之前
在灼热的沙漠彻底冷却之前

犹如下午林中的全部阳光
都聚集在暖洋洋的叶簇间

一个美的形象是一种瞬间的
真理,即使在冬天的寒夜

在北方的腹地,写下胡杨
这个词语也会披上秋天的奥义

密封的喀什噶尔

高坡上的喀什噶尔,错落有致的房屋
如远处喀喇昆仑层峦叠嶂的一个倒影

喀拉汗王朝的城,十一世纪的生土墙
融进午后的光,喀什噶里的童年闪烁

在孩子们的脸上。不规则的过街楼
方形砖与菱形砖,交错的胡同

层叠的黄泥屋,无花果和石榴
华贵如羊皮书插画,小而安静的院落

由于它度过的岁月而富有美感
成为值得瞩目的事物。每一粒尘埃

都得到了厚爱。孩子、妇女、老人
风格迥异的三个灵魂,不变的容貌

让时间驻留。街角的宣礼塔守候着

喀什黄昏与黎明的秘密。就像神灵

在翻开的经书上沉默，敞开的
喀什噶尔，就是密封的喀什噶尔

我怀着不明朗的动机重复描述你
直到汉字能够倾听到突厥语的真理

南风与葡萄

沙漠上的季风,从南向北!
从葡萄园穿过一阵清凉!

干涸已死的沙漠,涌流四散的风
它的灵魂在葡萄园重建秩序!

沙漠南风吹拂下的葡萄园!
流动,透明,风在葡萄中结晶!

一阵风穿过身体,我的战栗
是葡萄向夏日烈风的委身!

古老的南风,新鲜的呼吸!
前世的沙漠,今夕的葡萄!

在那儿,在八月的葡萄园
我的痛苦认识你,在一阵风中!

帕米尔

在人们生活着的地方矗立着
古代强盛期的废墟是一种智慧

废墟是另一种时钟，一座坟墓与圣地的时间
时刻嘀嗒着，对生命的方向进行矫正

对生活倒计时。废墟是一种象形文字的
经书，书写着历史的智慧

废墟是一个价值坐标与参照系
也是一个日期的倒影

无论是痛苦，爱与仇恨，还是权力
财富与荣耀，生活在那里的人们

在心中无意识地参照着它的形象
废墟昭示了一种离去与到来

其尼瓦格

踏过其尼瓦格幽深的长廊、台阶、庭院
是否已触碰到中国花园女主人凯瑟琳的脚印

夜气渐凉,惶然听闻她的孩子们的欢笑
斯坦因,斯文赫定,都曾是其尼瓦格的客人

凯瑟琳的喀什噶尔回忆录,曾经引领我
穿越这座经书般的城市。她在诵经声中

为喀什平添了甘美的呼吸。那些美好的时辰
依旧在其尼瓦格的暗影里,温暖着荒废的

中国花园。其尼瓦格。凯瑟琳
让初见喀什噶尔的人弥漫着忧伤的回忆

萨依巴格

塔克拉玛干沙漠的边缘,旋风四起
黄沙旋向天空,成群的烟柱相互纠集
集结着游牧部落的亡灵,在小小的
绿洲之外打转,伺机把它湮灭

一条雪山之河,或仅仅是一道
冰山溪水,抵挡了沙漠的游牧
临水而立,是西北白杨,胡杨和红柳
连玉米、瓜秧和葡萄也那么勇敢

维吾尔人喜欢把自己的家园称为
巴格!一个简朴的天堂:这么从容
秦尼巴格:中国花园;奎依巴格
有羊群的花园;萨依巴格

是戈壁滩上的花园!——萨依巴格
它是只有一个词语的诗篇:维吾尔人
用它称颂了白杨和胡杨,玉米
胡椒和葡萄,甚至戈壁、南风和荫凉

沙雅：萨塔尔

1
一个皮肤黝黑的中年人，背靠枯死的胡杨
在正午的阴影里，一把萨塔尔凭吊故园

年老的父亲衣饰整洁，从黄沙与太阳
交错的路口，辨认烟尘中的胡同，沟渠，葡萄园

再也不会有春秋，葡萄再也不会成熟
已关上的门，只有一把萨塔尔将它打开

塔里木河的故道像一个喑哑的低音
消散于死去的胡杨林。萨塔尔的清澈琴声

再次拥有了急流，黄昏洗衣时辰的欢笑
毛驴安静地倾听萨塔尔如静饮脚下流过的溪水

胡杨林渐渐陷落，陪伴黄沙永远的沉寂
在夏日正午的风中，胡杨抽搐的树枝

漫长的挣扎凝止在空中,如黑色的闪电
最后的干渴,最后的嘶喊,在沙漠酷热的正午

2
沙漠的夏日,一把萨塔尔的哭泣
唤醒了枯死的胡杨林。沙雅的正午

一个亡灵聚集的时刻。胡杨挣扎的躯干
伸向空气中的肢体,高喊着渴

一把萨塔尔的哀泣越过我们
诵唱一条小溪的傍晚和一个村庄的记忆

死而不朽的胡杨,写满了命运的字谜
它们涌向萨塔尔,在一支意志的哀歌里轰鸣

当生命的呼喊在胡杨林中渐渐消失
一把萨塔尔在呜咽,它赞颂昔日的事情

塔里木河边的村庄,一场突如其来的
夏天的大雨,洗亮了满园的紫葡萄

莎车：苏菲的城

进入莎车，时间 开始从人们的装束
沙白的房舍，街巷，伊斯兰建筑
毛驴车和人们惶若往世的神色
悄然后退。我们的到来和时间的
倒流河，组成了迷宫。一个王朝的生活
停顿，在一切细节之中。在莎车
除了这群外地人毫无准备地闯入
它古老的无花果树和葡萄的八月
苏里丹·萨依德依然统治着
叶尔羌汗国王室的麻扎，阿曼尼莎罕
陵寝和他们曾经在其中宣礼敬拜过的
大清真寺，依然是生活的中心

巴扎紧紧围绕着麻扎：在穆斯林的城市
一切就是这样生死纠缠。在摆放着
维文小册子，艾德莱丝和烤馕的街边
一个赤足的苏菲信徒身着旧棉袄
沿街乞讨，他的装束取消了
夏天与冬天，中古与现在

他伸出的手是赠予,而祈求
已是修行和仪轨的要素。是不是
从他保持的秘密信仰中提炼了
一份希望,在一个宽容的安拉那里
已经寄存我的名下?在莎车的
早晨,天空正升起大寺的宣礼塔

塔什库尔干

傍晚抵达塔什库尔干　沿着
盖孜河,我已经渐渐成为一个
快乐的人:雪山下的石头城,能听见
雪水沿着街边的一行白杨流淌
奇丽古丽牵着她的小儿子,加诺尔
陪着她头戴王冠的妈妈和奶奶
在只有一条十字街的石头城里
与我的问候相遇,小城如此
空旷,雪山几乎拥到了
小小的广场。同样的塔吉克女儿
曾经遇见过法显、玄奘
这些冰山上的来客,同样是鹰的
孩子,帮他晾晒过被冰河浸湿的经文
我的帕米尔,这个傍晚
你用圣洁的欢笑
洗涤了我的心

一个民族缘何在历史的梦魇中
出落得如此健康美丽?似乎从没有过

赤乌国、蒲梨、若羌、羯盘陀这些尘世的
帕夏们的王国。是什么使你单纯高贵
如石头城下的金色草滩？加诺尔
你不知道　我从多么遥远的地方
带着一颗厌倦的心，在这里
学习遗忘　和简单生活的梦想
加诺尔，帕米尔高原上
鹰的女儿啊，傍晚抵达
塔什库尔干，我正渐渐地成为
一个快乐的人。而现在，愿望已经
开始变成了回忆。生活的一切
会更加快速地走向衰老
而你和你的石头城
在我的记忆中再也不会
改变　加诺尔

吐鲁番车站

发往乌鲁木齐的早班车就要开了
一个维族妇女在人群中
朝车上招手,她装作哭泣　装作
用手背来回抹着眼泪,她布满
细密皱纹的眼睛一边微笑
一边从手背上方望着车上的儿子
开始晃动的汽车似乎就是她
从前拥在手中
小小的摇篮

在我身后,那个大男孩
眼泪总算没有掉下来。汽车慢慢
挤出了车站,在驶向快车道的路旁
一根灯柱下面,我再次
看见那个微笑着的母亲
戴着褪了色的花围巾
和她一直沉默的丈夫　再次
向儿子挥手。我几乎已经认识了
他们,却没有

挥手告别

吐峪沟麻扎

带着一只狗的男人遇见了
六个贤哲,他们住进吐峪沟
一个山洞隐居修行。现在,七个圣人
和一只狗的麻扎的故事,把我带到
火焰山中的维族村庄。朝圣的男女
坐在正午的荫凉中,用我不懂的语言
交换着彼此的痛苦和信心。近靠
麻扎的凉房里,一个脸色蜡黄的
维吾尔青年,垂头坐在干枯的
麦草上,朝着门外
他的病容露出一丝微笑,一句维语
我只能用模仿的手势所表示的
暧昧问候,似乎加剧了他的失望与疾病
那个面朝麻扎祈祷的老人
应该是他的父亲。也许他
知道,对父亲的祷告
长眠的圣人和在天的胡大
比我这个异族人所能够做出的回音
还要渺茫。而把我带到这里的

故事,已经是一场难以治愈的疾病

——我的异族兄弟,如果胡大知道
他会让我来世出生在吐峪沟
用突厥语和你交谈,在正午的光中

库车大寺

夜晚去库车大寺，龟兹的土地上
礼佛的香火已经散尽。我们到达时
穆斯林快要做每晚最后一次礼拜
电灯没有比羊脂灯和蜡烛更为明亮
寺院内幽暗空旷，似乎仍有
羊群吃着土耳其地毯上的花草
匆匆地在寺内发愣，匆匆告别
不明含义的静默，仪式的模仿
既非参观也不是朝拜，我们并不了解
内心残存的神圣，应该献给
天地间哪一个神灵，在宵礼时分
库车大寺的圆柱升向夜空，在尖顶的
指引下，是一千零一夜，群星
发出幽蓝的光，它们是经文中
古老的文字，在宵礼的时间
弯月垂坠，库车大寺片刻间上升
这是穆斯林的命运，离安拉最近的时分

再访石头城

在坍塌的石头城,玄奘曾在羯盘陀讲经
办理关卡通牒,从这里——葱岭——

经瓦罕走廊,入阿富汗,再入印度
比教义更稳定的是他坚定的步履

我已三次来到,依然是
含义飘忽的乖戾举动。脚步踏在地上

比影子轻。既非为经商牟利也不为
任何信念或隐秘的真理

也没有因果。站在石头城的废墟中
观看着这些早已错过的事物

辨识昔日的城楼、街衢、经堂、马厩
国王的厨房。一份多余的看见

羯盘陀默默接受一个人的挥别,一个人的

最后注视，在六月正午的阿拉尔草滩

在阿勒泰

阿勒泰群山环抱,我在
云层移动着的最明亮的边际

一些次要的想法,风吹着
少量的流云漫过白桦

蓝色的山顶。一只鹰滑向
哈巴村万物终结时的本质

在早临的秋风中呈现
一种单纯而透明的真理

鲁瓦人在。阿勒泰
在一束夕照中闪烁

言不及义。所有的事物
仅靠其表象惠及梦想。在阿勒泰

不变的事物,为变化的世界

提供意义的起源

额尔齐斯河正穿越群山
而我,已接近于不在

重访塔什库尔干（一）

是你的仁慈，接纳了我的临时存在
且让我跻身于你明净的现实

走在塔什库尔干的傍晚，像一片
灰暗的云影，落在塔县唯一的东西街上

街头的一端是雪山，另一端
是初冬枯黄的阿拉尔草滩

塔吉克人走在回家的路上
北望慕士塔格，世界的根基稳固

我是你现实中移动着的一个异物
不会迎来什么，也不会跟什么

告别。从一家餐馆出来，举目
黝黑的天空，石头城废墟之上

星群密布：世界突然真实

高原星空与幽暗的灵魂一起闪烁

重访塔什库尔干（二）

如果我在塔县不属于日常之物
那就纯属一个偶遇，一场很小的意外

塔什库尔干的总体秩序预设了
偶然闯入的事物。没有偶然

塔什库尔干就不完整。它的总体性
由多余之物加以扩充，由偶遇完成

我不需要变成石头城上的一块石子
属于帕米尔高原。我属于它

非稳定性的一面。现在我试图
让这样的想法，给自己

一点安慰，摆脱走在帕米尔大街
如此多余的感受。我要跻身于

它的现实性之中。我观望。如今

是记忆，是无端的塔什库尔干

辑三 | 诗

八月的青海

整整一座山坡,几面山坡油菜
正像节日一般盛开
我们停下,瞩目惊叹

一场浩大的庆典
在山坡间,折服于一个清贫的神
一切皆已就绪,皆已呈现

澄澈的云,缓慢
移动在奢侈的金黄之上,紧邻的蓝
一贫如洗

山坡迎面的车像一只黄蜂消失于
沾满花粉的天边
耳朵突然敞开——蜜蜂的嗡嗡

满山坡金灿灿的油菜
发出嗡嗡蜂鸣,有如塔尔寺虔诚的回声

在青海高原,一种错误的生活
遇到蜜蜂的正午
有力的纠正:来自山地节庆的深处

越来越近的蜂鸣,在一片金黄的光亮之上
热切,安静——

白沙门

一个从前陌生的地方
已住满记忆,暖如日暮的光

台风刚过,北方来的孩子
在浑浊的波浪中嬉戏

长腿姑娘踩着脚踏车
穿过紫色三角梅和木麻黄

海浪的音节,混合着针叶林的风声
从往日将尽处断续地传来

一些事物在远方变暗,你试着
重新把它打开。下午五点钟

海平线上黯淡的层云涌动
城堡似的积云闪亮一个瞬间

那里似乎依旧闪烁着过去的时光

像某种物质的未被磨损的回忆

不　朽

在开宝寺侧门入口处，站立着
两列宋代石雕群，狮子、绵羊
马、虎，和睦地并立千年
你发现另一种时间磨光的工艺

粗糙的石头润泽闪亮，几乎成为
风中抖动的鬃毛，扬起打着响鼻的面孔
动物柔顺的灵魂被经久的岁月磨出
在轻轻地吐出初冬早晨的团团哈气

这得归功于孩子们和早已作古的
历代孩童，他们曾经骑上
这些盘角的绵羊、配鞍的石马
朝着虚无进发，从一个朝代向下一朝代

孩子们骑上爬下，每一瞬间
都在打磨钻石一样的光。时间的消逝
不再磨损，它在经验世界的身躯上
打磨出一道永恒的亮光，像孩童们

在游戏中,把一种磨损的力量
变成永无终结的耐心的磨出
骑在这些复活的石头身上
仿佛依然能够追赶清明上河的集市

在古城老街的一条青石路上
过往的全部岁月坎坷依旧在
被水泼湿的磨光的石板上闪闪发亮
似乎这就是那条路,将通向不朽

长歌行

今天清晨,无端地想起我还是
少年的时候,和另一个孩子一起行走

在下午,从秋后新翻耕过的土地里
就那么,斜插过去——日影长长的,拖在地上

土壤松软,留下两行趿扈的脚印
甚至踢出了垄沟里的庄稼茬子

脚下是风。我们不在乎路
只在乎天空,西天上的云

从人间斜插过去,鄙视痛苦
假装没有慈悲心肠

一团暮霭带来了河流上的碎银子
曾有一度这个世界包括了银河

迟疑地

无疑常常我也会忘记：一个人只存在于瞬息
不知道哪一次呼吸诞生了中年

从自身的前一时刻脱离，无疑也是
一种死，可没人为之悲叹

应该增加隐喻使意识转向他物：秋天
豆荚的爆满，使豆粒在中午跌入干燥的土地

最终消失的是一个片刻的我。而他的一生
在活着时早已失去。去迟疑地
存在。迟疑地成为自我

一只黑色的鸟在黄昏低飞，迟疑地
有什么也在我的"灵魂"里
离开，迟疑地

不相信自我，不相信它是真的
对故事的结尾报以

一次呼吸之间的　迟疑

窗外的雪

我深睡时大雪在下。冬天已准备停当
备下仁慈的礼物。雪霰已伸进
没糊严实的窗缝。大雪新停,清晨的太阳
如耀眼的雪球,滚落在变得简洁的村庄

雪地上些微鸟迹,晶莹的树梢
再次突然抖落,雪霰中奔跑的孩子
已无踪影。我是一个隐约的轨迹,且不连续
在一场冬天的大雪与一场热带风暴之间

在书写中,我已变成一系列的他者
如果岁月的每一分钟孩子的脸
都没有可见的改变,童年如何可以消失
在大雪之后?如何身陷一座海岛

想念大雪封门的冬天?想念寒冷
怀着肠道因饥饿而产生的热
欢迎凛冽的风雪中站着的清晨
一盆新蒸的裂口红薯成为一家人的盛宴

一首诗是从沉默开始说出的话，从消失的雪
这里的每一个字都想抓住那已消失的
此刻我写下的，仅仅是记忆阴面的
一片积雪，在久远的，在生活的一切灰烬之上

当一个人老了

当一个人老了,才发现
他是自己的赝品。他模仿了
一个镜中人

而镜子正在模糊,镜中人慢慢
消失在白内障的雾里
当一个人老了,才看清雾

在走过的路上弥漫
那里常常走出一个孩子
挎着书包,眼睛明亮

他从翻开的书里只读自己
其他人都是他镜中的自我
在过他将来的生活

现在隔着雾,他已无法阅读
当一个人老了,才发现
他的自我还没诞生

这样他就不知道他将作为谁
愉快地感知：生命并不独特
死也是一个假象

哀 歌

你的躯体那么轻,疼痛已远去
一阵光的颤动,穿过最黑暗的门缝

连同你的黑衣服,镶红边的黑披巾
你的身体成了风。灵魂的行装

从来简捷。从一只蝴蝶的梦越过
一生的行程。焦虑拐弯远去了

你已经和自身分离。名字
落在纸上,身体飘入空气

唯余书页里的文字,喑哑的书写
无人整理,散落于人世的记忆

逝者只是部分的死,幸存是部分的活
迷路的灵魂,穿过街上的人群

说着风的语言,一个黑色的神灵

不停止回来,穿越人间最阴暗的节日

低　音

一个人在受苦,只是
一个人。孤单地。古今竟无一人

现在对你说话必须低音
轻易能够说出的安慰实属卑鄙

一个人在受苦,朋友们
只能缄默。张口
就会有谎言。而沉默如同背弃

不能这样对你。你一直要求诚实
生活。现在这样的时刻
过于冷酷,它来临

而你此时经历的疼痛、绝望
怀疑,丝毫不具个性
一种古老的风俗

我已开始看到自己在那个时辰里疼

并且想象我的尊严是否溃败

众多英灵，以及同一家族
无穷的逝者，他们超越了琐碎
拥有永不再疼的灵魂

比所有生者更单纯，甚至伟大
他们站在身后，仍不能使人不再
惧怕：无论肉体的疼还是灵魂的湮灭

也许一个人可以活到那样的年龄
可以对迎面来的说，是你吗？
我已原谅了你的陈规陋习

一个人要抵达，只是
一个人。嘴角挂着嘲弄的宽容

读书笔记

《阿维斯塔》波斯古经——
过多的形容词,是叹息的堆积
咿呼唏嘘,而非话语。痛苦远远
超越了言辞,比死海说得还多

《伊朗索罗亚斯德教村落》——
一个宗教背景的村庄,它的生活
必在一种虚构里。他们每日的
信仰与仪式,深入盛水的陶罐
城市没有宗教?这个巨兽生活在
系统和结构的笼中,崇拜着自己

巴特《偶遇琐事》,1979,8,25日
晚上,他付清当日写作的债务
上床阅读夏多布里昂《墓外回忆录》
"我总这么想:现代人会不会搞错呢?
如果现代人没有才华怎么办呢?"

《撒玛尔汗的金桃》——

谢弗的眼一直盯着七世纪的细节
在帝国历史和社会学的逻辑身躯上
分析细小的事物——葡萄、石榴
胡椒、桂皮、肉豆蔻、孔雀和玉石——
近乎色情。鸟兽和植物传奇
占据了概念的宽大位置。意外地映现
物质的奢华印在智力的低声细语之中

《植物的欲望》——
（M：农业的美学应该由你来写
这本魔幻的书就在你的桌边。植物的
欲望和意识，曾经多么恰当地成为
我们自身的隐喻，在一盏白天的灯下
现在，打开它，去掉括号，写吧——）

对你说,余虹

我依旧没有做好准备接受你的死
而你自己也没有。无用的证据越来越多
没有哪一个能挽救你。幸运的偶然成为稀客
在被你决然抛弃的世界上,继续品尝
剩余的耻辱与快乐,已成为一场噩梦
我承认,没有做好准备,为什么
竟如此匆忙,一种为死亡所困扰的写作
比孤注一掷的死更值得我们一试
抑郁症?任何一种持久的内心生活不都是
抑郁症,它应该是我们早已熟悉的道德尊容
在十分堪忧的世道里思想就是忧郁症
应该让写作显示自身的眼泪与决绝的神情
以便我们自己在笔墨中暂时存活。因为
死亡所困扰的写作需要长期的、倍受折磨的陪伴
需要秉烛熬过漫漫长夜。因为最终
要让忧郁症接受语言的质询,而我们自己
也要在失眠之夜与自杀的正午之间改头换面
对你说,余虹:一个晚上,我用来读米沃什

他在暴政与流亡的生涯中活了差不多一个世纪
早明白已无须去死：一个人只要敢于发出声音
他就得把自己认同于一个业已失踪的人
此刻是我开口，他说话，向渐行渐远的你
而你们，都已离开这个本就不属于我们的世界
越来越，越来越远，越来越——自由

感伤时代

回到了我不常在的家
有些事物像遗物那样让人悲伤

地板轻微的灰尘，旅行袋发霉的斑点
晾衣架上孤单的衬衣

陈旧的气味，像某一个角落
在心里依然堆放和悬挂着的

将了而未了。沙发旁打开的书
任由一种失去了名字的气息弥散

结束的时刻，总由一只陌生的手
轻轻取下。无端的，一些事物就成为

永久的遗物。床前的柜子
堆放着光碟、铅笔、发皱的打印的纸页

像记忆蒙着一层微尘

这些已具备一幕悲剧的现场

动手吧，让一切回到现在
起身吧，让一切事物回到此刻

对所有的细节恢复行使此刻
一个人的主权：这一切暂时是幸运的

告诉我

是难以忍受的光辉,还是
一片纯粹的黑暗,一步就进入石化的安宁
或要孤注一掷地打破尘世的绝对权力?但它
不会与你同归于尽。一个致命的高度,而对于神
我们仅仅保留了其名称。是对死的博学的迷恋
还是因生命不再有任何珍贵的秘密
而决然离开?是难以启齿的卑微感令人
必须将自身撕个粉碎?或许只有在——
缺乏思想的能力和不允许思想的禁忌一起
变成我们思想的场所、对象与命运
才能在我们的生存中猛烈打破它的绝对支配
一种悲剧性的思想始终与否定自身的东西狭路相逢
或许才会使我们获救。救赎的脚步迟疑,威胁
离每个人都那么近。在正午的黑暗中,一个人
究竟朝着怎样毅然的沉默朝着怎样陌生的难以形容的土地
离开我们?义无反顾,如同执行某种难以理解的使命
就此成为一种奥秘,而不是奥秘的揭示。死亡
不再传递启示。这是否就是命运
愤怒与衷肠,箴言与呼喊,哀歌与沉默

也不能磨灭一个残酷的记忆，有时近乎崇高
有时近于野蛮，令人愤慨几乎不能容忍的回忆

莫　河

有一年乘车路过青海湖，往西行
左边的路口插着一个木牌子：莫河

一条碎石路，在戈壁滩燃烧的风水中
延伸，飘荡，通向年岁的深处

我是在莫河开始有记忆的
五年，但只记得几个瞬间

不知道时间的谜是怎样组成的
只记得一天我独自站在青青豌豆地

看蝴蝶落成豌豆花，片片豌豆
花，环绕我飞。在小小的魔幻时间

一个藏人骑着马，安静的牧羊狗
把吃草的骆驼赶进了云堆里

母亲在河边的磨房，姥姥蒸熟了

香喷喷的土豆。我不知道世事变迁

乘车路过莫河时她们都早已谢世
可我几乎还能嗅到土豆和青豌豆的气息

清晨的思想

就像一个人的冥想,小树林
在清晨最早的薄雾里浮动

再一次,世界的表面
带来了所感。事物恰如所思

无论新月如钩或圆润如镜
都不是实体且只以表象

相似于我们的魂魄,仅次于清晨
渐渐模糊的神话和宗教之梦

虽说一再地,星座、山、沙漠
带来难以理喻的胡大的慰藉

而我们的城市和故乡提供的
是固定的偏见和疲劳的视觉

如一部反复观看的纪录片

被胶带之外清晨的一阵细雨更新

人之所爱也是,能够拥有的
仅为表象,从不是被允诺的实体

相似于我们缥缈的灵魂,清晨的
宇宙,迟疑地,提升着生存的尊严

十七世纪帝国意象

太监们在宫中以臆想的罪名鞭笞帝国御史
古老的帝国正讲究地死亡于哲学的消化不良

扬州,江阴,徒劳抵抗的城池
无法阻挡明王朝残部溃逃阴雨的南方

余姚小城,帝国最悲哀的书写者
从飘摇的窗口望见箕子寄信给遥远的后世

顾炎武在陕西茫茫细雨里辨认断碑残碣
冬天的帝国已成传说,有待于考证

史书中的巴格达

一个少年坐在底格里斯河
在夜晚的巴格达,歌唱

火把的河流
从巴格达条条胡同里涌来
寻找岸边的歌声。此刻

江州司马在另一条流放的河上
聆听琵琶。尼伯龙根之歌
还没有在铁匠铺的火钳中诞生

巴格达最美的女歌手
在一家羊肉铺子里找到了他
她抛出自己的珠宝和媚眼
从他的爸爸那里赎买了少年

此刻,集束炸弹正在映红底格里斯
不知是上帝还是安拉的愤怒?

一个少年走在底格里斯河岸边
在夜晚的巴格达,轻轻叹息

世界的表面

清晨,几棵杨树,摇响枝叶
那儿倾注着往日的寂静

高压电缆上的一只黑鸟
停落,飞走,是两个世界

荷塘升起一片莲花,一个形象
否认暗喻,渴望清新

坐在窗前,望着世界的表面
手在键盘上,像一只猎鹰

意念一出现就将其抓获
清晨,我正经历着言语的饥饿

然而鸟叫,狗吠,风吹过杨树的
言语,擦过世界的表面还是深处

谁存在着?谁在播散它的声音和气息?跟上它,现实正在

熹微地演进。一个形象是一个梦。一个人的黑夜还在延续

是的,开封
——致 M

有许多事物以神话开头
却以垃圾草草结束。不止一个人
在开封的清晨散步时想到这一点

在无数的原因和结果之间
我自然生存在逻辑的迷雾之外
比如开封,一个只有郊区的城是存在的

不是我常常忘记了不幸的时辰
只因游梁祠胡同破败的窗台上开着月季
再把这里的生活说成不幸就是不道德

新月什么时候升高,高过了伦理
伦理又何时变成了一株月季
我送你出门时下着雨回来还下着雨

身陷困境的时候已不想去摆脱
困境也许需要我,也许是夏天里给我的
一件棉背心。开封是一个合适的地名

你让我注意这个城春秋时叫"启封"
启拓封疆？我已无所作为，我更喜欢
启封你的信，或听见脚步声就把门打开

碎陶片

就像龟甲在火焰中
符号显现,模仿了启示录

诗不再是发现真理的方法
它发现一颗隐喻的种子
让语言呼吸

对神灵的发明是为了与死神
和解。知道的,都已沉默

能够安慰我们的神,已
过于衰老。老掉了牙,说出的话
成了风。现在,是风在吹

不是形而上学,现在
是一只鹭鸶的低飞,在荷塘上
提供了含义,灵活,短暂

停 顿

最后,落日可以被长久注视,阳台
一片橘黄。一点黄褐色的光斑

落上书页,我享受着时间将逝
橘色光,几乎不动,温暖,安然

有如母性。似乎荒谬的规律
善意地疏忽了生活的一个角落

蒙古女歌手的声音升上圣歌的云层
在混淆的黑白浸染橘色草场之前

无人。雨后的水洼,犹如时间之谜
仁慈地,停顿在一个人的身边

往生书

他们到达村口,路与桥面
堆满庄稼新鲜的秸秆。山间散落

几点昏暗的灯盏。不知名的夜鸟
啼叫。远。近。探测山的轮廓

秸秆堆上,他们轻轻呼吸
稻谷温暖的气息,听桥下溪水

流过,他们的另一重岁月
此刻他们看不远,也不知道

往事的尽头,山村将会消失
友人将已亡故,诗句会被写下

不知何故,升起一轮
满月,从溪谷的尽头,山口

缓缓敞开的地方,月光照上

他们无知而幸福的脸

此刻他们无知,他们无知地
看见,山坳里,已熟睡的村庄

往世书

这些低语再也无从抵达。被自身的脆弱折磨
无力承担生活之痒,无力再次承诺。你们选择
死于一件小事,这意外的谦逊暗自令我惊讶

为一个不值一提的琐事而死,在你们的朝代
不以抗议,不以殉道,甚至不以殉情剧终
仅以自身一时脆弱与不可原谅的缺陷的名义

今晚风吹过冬天,我的心在凉意中微颤,想起
你们难以理喻的谦逊。原谅我不知何故的忙碌
竟恍然以为你依然故我,活在世上的某个角落

忍受着失眠、抑郁、偏头痛和生活的诸般暗疾
装作依然热衷于追名逐利的游戏。暂且忘却
残存的真诚遭遇着自身的酷刑。这亦令我惊讶

你们谢幕离去了,而世界的魔鬼本质一点未变
这叫我作何理解?不论过去还是将来我们彼此
再也不会相遇,也不用对你们说、这凄迷的感受?

问卜者

海从不是它之所是,即使驻足海边
海也是别的事物,宇宙洪荒一片

过于排场却无人出席的真理的宴饮
它神奇的无用性,预示着其他的眼睛

那些洁白的牙齿,一排排洁白的牙齿
翻滚着下午五点钟渐渐转凉的嘲讽

海是一个喻体,在创始与末日之间
即使南海不似地中海盛产女神

海还是太广阔,我有点厌倦了
我的体内再也没有什么与它相似

海作为本体则是一个看得见的梦
生命无法须臾离开比喻而是它自己

海被直观时看者已入梦,永不停歇的

在催眠。预言者在问卜者旁边睡着了

我发现自己竟这样脆弱

我发现自己竟这样脆弱
并不能把太多不良感受放在心里
不能太久地盯着无助的眼睛
我发现我，心胸不宽也不坚强
不能总把这些眼神和我自身的罪错相比
是的，一桩丑闻，当然只能是网络新闻
一个县委书记把公安局当作自家的私刑队
进京拘捕做负面报道的记者，扬言让她消失
我知道他能，而不论我知与不知
又一偶然事故，春运未始的芜湖
一个女大学生被拥挤的人群挤下站台
被进站的火车轧成两段。而长沙站的学生
拿着车票被赶下火车，无人理睬。如果他们
听说了死去的冷静，就应为活着感到庆幸
是的，如果这一切都极其偶然
而不是必然，我就不会怎么难受
如果它们只是猎奇的新闻，而非社会常态
我就不会感觉如此无助。我不明白，为什么
他们的种种无助，另一些人的种种无耻

都反射到我的心里？我知道，劳碌了一年
到了过年一个打工者如果没有失踪，又侥幸
挤上了火车，并且占据了小过道的一角
他就该捂紧了钱包暗自欣喜。我坐在书房
有茶，音乐，书籍，却深深感觉无助
一种焚烤着的无耻，我感觉难过是因为
他们的无助成了我的无助，我也感觉心火上涌
无耻的流行已成为我无法康复的疾病
我知道，灾难已司空见惯，牢骚也是老生常谈
社会不公，黑幕，冷漠，是我们的环境
这就是我的诗很少写到我窗外的风景
其实校园还是很好，小鸟会在清晨飞上窗台
冬天里紫荆树开着红花，我深深内疚
我是不是早已辜负了这个美好的世界呢

午 夜

疲劳的衣裤靠在椅背上
睡着了。我看见我不在。书。纸

窗户。万物不因我的缺席而不完善
我看见与最终的现实之间的零距离

未来的一天,由他人的眼所见
如同一面阴暗的镜子在回忆

我看见活在生命里的一个小小的死
疲劳的衣裤睡着了,梦见

一个临近的节庆,在火焰中
一个灵魂,独自庆祝他的诞生

细碎的月亮

微风在夜晚吹过,岁月
就这样流失了。灵魂在

它的后半夜醒来,你从不厌倦
细想身体的细枝末节

让你惊讶的,不是世上的罪恶
还有对欢乐的想象。屏息

心跳,迫使你日渐衰老的羞耻心
对道德闭嘴。此身何用?没有

为众生承受苦痛的美德,也没有
为自身抓获肉身的骄奢淫逸

听外面下起一阵大雨,一片
小杨树摇晃着,在风中一致

倾倒,叶子在月亮的流光中翻动

一片银白。碎——月,就这样流失了

夏至清晨

夏至移动薄雾中的身影。清晨
就要消失:天地不仁,以万物为虚无

每一片叶子都闪着万物有灵的光
群鸟在叫,从未改变,几近婉转

野鸡不时发出变嗓子少年的声音
夏至的清晨在薄雾中移动身影

失败的工业所抛弃的城乡边缘
几乎自然。它安然接受人的缺席

鸟、野鸡和树,依然把穷乡僻壤
当作自己往昔繁茂的祖国

我记录一秒钟如何消失
在下一秒之中,像晨雾滴落土地

我看着一切在如何慢慢在汇入

一种以万物为代价的虚无

夏至的清晨远逝,一首诗
既不能阻止也不能取代清晨的位置

献词：天命之年

夫子说：任重而道远。仁以为己任
不亦重乎？死而后已，不亦远乎？

我想过如何去完成这卑微的天命
一个团伙的成功已令所有人倍感失败
青年时代为之生存的信念为之熬过的长夜
是否就要付诸没有心肝的快乐
谎言已成制度与铁律。一个人的真诚
必然失去信用。就像一个人的善
必成笑谈。满纸荒唐言构成铁幕的两边
看似既无须揭穿也不能捅破。在一代
又一代人之间，成为难以清算的债务
或许死亡才能摆脱这耻辱
或许它将被带往地狱，既已活见鬼
应该不再惧怕死神的统治。想着我卑微的
天命里难解的秘密，既无才补天，也不能
成一顽石，还要怎样才能继续忍受
真事隐去假语村言？更待何时终得见
干净茫茫大地？在阳台上，看见两个姑娘

在傍晚椰树明澈的影子里闪现,她们的洁净
令我怦然心动。她们身后的光线
也如来自另一世界。我不谴责
这不合乎礼仪的欲望,天命之年
它在我的心中保留了尘世的丝丝温暖

需要的，恰如所有

需要有痛苦喂养我的语言，需要有
愤怒喂养我的语言，需要有
死亡压迫平庸的密谋贪婪的剥夺恶棍的狂欢
民脂民膏敲骨吸髓喂养我的语言，需要
圣人慈悲绝望和哭泣衷情背叛喂养我的话语，需要
软弱崩溃沉默无言需要话语反面的一切喂养思想的灵兽，需要
廉价真理的灰烬喂养诗歌的谎言，轻盈的机智愚钝的力量左手的打击
意外的蹄子，以及无情的羞辱与反抗的徒劳信誓旦旦的冷漠
从灰烬到火焰冲上云霄，需要
泥坑里的自尊颠倒的责罚倒置过来的乌托邦需要
地狱高高在上糟糕的幻想岔道上错误方向的一望无际
喂养正确而强劲的语言。我已经确认它在成长
比我成熟得慢。需要
五十年也许从此能够成长为一个强健的孩子。甚至当我慢慢衰老
它才开始在我心中成长，它吃混杂的变质食物有一个极好的胃口
直至消化腐朽的隐喻犹如诸神的毒蘑菇。因此所发生的一切
所给予的一切忍受的一切粗糙愚蠢傲慢卑劣都能够喂养
这只语言之鹰。
一个喂养者，我？一个饲鹰者

它最终飞入永恒的一刻一如
冲向地狱毫无犹豫。只有彼时的此刻
你才能勇毅地说,需要的
恰如我所有,而希望的都将抛弃

雪已匆匆

这个冬天的夜晚,我的家
此刻在下雪。在黄河之南,时常有人
以随意的轻慢污辱的那片土地
正下着雪。上天没有嫌弃,那里的小麦
要养活更多的人。此刻,那片苦难重重的土地上下着雪
雪落在穷乡僻壤,雪落在她们早早熄灯的窗口
雪落在他们静静的院子里,打起旋,再静静地落下
雪落在她们夜里忘记收起的皱巴巴硬邦邦洗旧的衣服上
雪落在因年轻人外出打工而变得寂寞的村庄(没有了
　青年夜聚饮酒,没有了老人掌灯讲古,没有了月下踏雪的青春)
雪落在麦地里劳动者的坟头,雪落在麦苗上,雪落在刚引进的造纸厂
雪落在被污染的河,雪落在白天才被炸开的矿山一隅,雪落在枯树鸟
　巢上
雪落如此仁慈,轻轻地遮掩起艰辛劳作的痕迹遮掩起贫穷与肮脏龌龊
唯有苍天给予众生的免费食粮。雪落土地犹如音乐落在寂静上
雪落在母亲河上——我起身关窗,海风渐渐冷起来,我知道河南下着
　雪

遥 远

那里比遥远更远,不安的良心
混合着记忆的美学,还闻到一丝
清晨的茴香味儿在穷人的餐桌上弥漫
一些人受尽折磨,早已离开
这一世界,没有挣脱驴拉磨的轨道
比死亡更腐败的语言,给逝者命名
一座红色地狱。大字眼的错觉
再次使死者涂炭。我宁愿描绘的
不是他们的百年沉冤,愿那一时代清晨
仁慈的茴香味儿让数千万饥饿的亡灵
得以安息。我愿意描绘的不是昨天
和明天的矿难、黑砖窑、灭门案,不是
生者的哽咽和亡灵的尖叫,受贿者的
正经嘴脸。请原谅,提到它们
是因为押韵,正如所说的"纯属偶然"
我宁愿描绘的是鱼尾葵、香蕉树、棕榈
我房门外的榕树,凭着祖先遗传
对土地的信念,向着水泥地从容垂下
一簇簇气根,古老的信赖飘在空气中

再也抓不住泥土。它不知道绝望
它不知道,那里比遥远更远。一个我
现在要在话语的半道离开,当我
停止改动,不得不与一首诗分开
它将抵达的地方,就是比遥远还远

一个故事

两个狱卒进入牢房提审犯人
那人正往墙上涂鸦
他画一列火车穿越山洞
"请稍等,我要看看
火车里有没有我的座位"
狱卒相视而乐。他
变小了。从壁画的隧道里
远去的火车冒出一团烟雾

这个故事我要再讲一次
在虚拟的纸页上,我的一生
渐渐消失在错行的
诗句里,多么
遥远。说与沉默
同时留下我的
逃亡和返回的路,并且
再次避免了现实的提审

一个人听雨

夜里醒来,听雨滴
打在窗台雨搭上,更细密的

一阵雨,落在窗外小树林里
雨落在更远的地方,落在

另一场雨中,绵密的
一片雨声,从芭蕉的昏暗

词林升起。一场夜雨紧邻古代
在巴山秋池,无需梦

无需修剪火焰,听雨
是一个人靠近古人的地方

而今夜是另一个夜晚
时间稀落,听雨的,是另一个人

贼的故事

寒冷的深夜,一个人在大佛塑像下徘徊
终于攀上佛像的肩头,试图取下大佛发髻
镶着的金子。可他竟不及佛的耳垂
恍然,佛像垂下了头,慌张中他抓获了金子

许多年后,一个贼成为佛的一个信徒
千载之下,我们再也难以成为幸运的贼
更难成一有信仰的人,因为祖国的土地上
众多的佛再也不肯垂示一点点神迹

哪怕把你平伸的施无畏印的手弯一下
小拇指,或对这个以贼为师的世界眨一下
你慈悲的眼皮,贼、人都将改变。然而
在平淡的岁月里,谁都能够像佛本身那样

在一个贼人的非分之想面前,再次把头垂下
假如金子还在那里的话。因此我同意
这个故事的寓意而不是故事本身。或许
相反?我喜欢这个故事,而不赞成它的寓意

一只枭鸟的回忆

许多肢体还在动弹,血浸透了稀薄的土壤
透过泥巴脱落的缝隙看着几乎还未死去的死者
似乎它们已在我的胃里翻滚。饥饿的
人豺人枭,或像枭鸟一样沉迷于腐尸的气息
他们的嘴开始变长,眼睛像鹞鹰盯住可疑的人
唯恐那些外人泄露了食品的秘密

我们开始吃,那些肢体。肉食兽们的咀嚼声
夸大了死者的快乐。我发现肠胃没有绞肉机健康
恶臭的爆炸败坏了胃口,整整一个地狱
在我的胃里翻滚。呕吐第一口就等于承认
你是一个披着狼皮的羊。真是抱歉我以为
已经可以从容吃下被等待已久的腐蚀物

饥饿是恶的帮凶。吃是一个全能动词
吃没有被满足过的命运,吃已变成主语
可恶的吃草的胃口出卖了我。我不知道
小资产阶级式的恶心,怎么会比政治观念

还要顽固。在吐的时候拔腿就跑,唯恐被
成群的豺和枭吃掉。不忍吃就要被吃

胃肠里翻腾着一整座地狱岩浆似的恶心
什么样的风暴能清洗我的胃?那些可疑的外人
哪里去了?梦境仍然持续散发出地狱的恶臭

在午后,断续地

我从午后醒来,紧挨着万物的寂静
试探着此刻,是否依旧可以纠正
一个错误:人可以不朽,不是吗
在午后,断续地

一次次醒来,一次次试图纠正
一个人将消失?数不清的逝者
造成了午后的寂静。为什么
断续地。在午后两点钟

我已经这样问了二十年,或三十年
我已无数次试图纠正造物的荒谬
疏忽。夏日或秋日。在午后
两点钟。寂静漫过

炎热或凉爽的午后,经过了无数回
我伏在此刻的试探依旧毫不
奏效。在醒与梦的当口,依旧
显得慌乱,以致错过了仁慈

紧挨着事物的寂静。挣扎。没有
发出声音。想起我爱的人的命运
爱他们。仿佛就是那看不见的
给予我的怜悯

在午后,断续地,我听见
米米和德安,他们的说话声
断续地。我听见。午后的一片
安静,哗哗响,在窗外荷塘上

箴言：十三行

谁在最终完成的，保留着最初的
谁在为罪恶寻找借口，谁在用最初的
作为最终的辩解。开端和终结，并不适合我们
谁在布置一个诱捕的圈套，为恶果寻找一个良因
谁在因为罪恶是不可思议的，就寻找不可思议的借口
谁在被不可思议所迷住，谁在牺牲品中寻找神秘的天意
像一个疯乞丐，在贫民窟的垃圾堆里寻找财产
谁在一扇永远关闭的门外喊，"芝麻，芝麻"
或许他真的就能够打开。谁在用模棱两可的智慧
去打发受害人的痛苦。谁在把魔鬼打扮成天真的
谁在给罪恶打造一副智慧的面具，谁在鄙视
为过渡地带活着的人们。但仍然要赞美他
谁在最终完成的，保留着那最初的，为那个人哭泣

重返海南

月亮这么好。萌萌不在了?
我低头,椰树垂影
晃动路面如水

升至中天的月亮与你无关了
海上行驶的船与你无关了
你也曾在此刻登岸,投宿

你应不舍:深夜写作,三五朋友
悄悄地谈话。这些你最喜爱的事
也与你无关了?

只有我瞬间的悲哀
还与你有关。月亮明晃晃
想起少年,用脸迎着暴雨

辑四 | 世界荒诞如诗

世界荒诞如诗

许多年后,我又开始写诗
在无话可说的时候,在道路
像逻辑一样终结的时候
在可说的道理变成废话的时候

开始写诗,在废话变成
易燃易爆品的时候,在开始动手
开始动家法的时候,在沉默
在夜晚噩梦惊醒的时候

活下去不需寻找真理而诗歌
寻找的是隐喻。即使键盘上
跳出来的词语是阴郁
淫欲、隐语,或连绵阴雨

也不会错到哪儿去,因为写诗
不需要引语,也无需逻辑
在辩证法的学徒操练多年之后
强词夺理如世界,就是一首诗

寒 冬

苍山顶上飘落一层新雪
十九座山峰一片葱茏

大青树、青杠林、天竺桂
枝繁叶茂,像一场叛乱

水杉、槭树、响叶杨秋意萧瑟
听从不同王朝的历法

核桃树、枫树,唯余枯枝
在冬樱花开放的日子

玉兰花、杜鹃花、油菜花
盛开,她们不让蜡梅

一枝独秀。什么样的意志
让脆弱的美不必屈从冬天的律令

十八条溪谷转动着各循岁时的

大钟,上紧意志的发条

"在我们正确的地方,花朵
不会永远在春天生长"

论消极自由

所有闲散的人都在古城溜达
在人民路,在洋人街

苍山云缓慢地飘过,洱海门
所有的花都在随意革命

改变颜色,所有过时的物件
都变成闲散人群眼中的珍玩

昔日茶马古道上的马镫
铜壶、旧地图、不明用途的器具

在连绵的杂货铺里
堆集成一首物质的诗篇

一切有用之物,一切无用之物
如匿名人民的临时集合

如众生平等,如闲散之物

抵达一种快意而虚假的自由

旅途之歌

穿过黑夜,穿过变成影子的
村寨、树木和山野
从一个地方到另一个地方
或许我就不再是同一个人
一丝疑惑在变成愉悦,在途中

有时我不知过着谁安排的生活
也无处获悉我是谁,他们洋洋得意
对某人嗤之以鼻,我且不知
那就是我;有人偶然大度
称赞的那个人,我也并不知情

在不同的地方生活,在途中
想起那些令人困扰的事情
穿过困境犹如黑夜万物流动的影子
当一切像新购的房子安顿停当
那剩余的和无名的,依然滞留途中

一首赞美诗

来到南诏国遗落的江山里
来到大理国剩余的时间里
你的世界,就只剩一首赞美诗

就再也没有重要的事务
就再也没有野心和抱负
你的生活,就只欠世界一首诗

无须想历史在如何循环
无须问祸殃像季节热衷于重复
浮云诡秘看苍山,忆起一行诗——

世界美如斯

点苍山下
樱花盛开
它自己的庆典

你晦暗的日子
没什么配得上
这般灿烂

在古老的世代
樱花就这样
纯净地点燃

惊梦的阐释者
曾经改变过
人类的编年史

如今只有一个魔咒
还未曾实现——
"美,能拯救世界"

称之为苍山

姑且称之为苍山,我是说
眼前那些在古老的地质运动中
突然终止的岩石、苍苔、溪流
那些野花野草,隐秘的野生动物
它们不知道谁统治着世界

不弃权不反对它们欢乐地在野
无须加以指认,称之为云岭
山脉的那些火成岩花岗岩熔岩
结晶岩之上的森林,称之为横断
山脉,矗立在缄默的权力意志中

唯有它接近最高的宇宙真理
接受星际磁场的辐射,定期
支付式的,用版块运动的压力
制造一场革命,在残骸遗址上
漫长的风化,让野菊开遍山野

唯有向苍山攀爬时加速流动的

血液，洞悉奥秘。在野花
丛生的山顶，一种野生的思想
在慢慢接近久已失去的
地址与名称——称之为苍山

精神分析引论

一个人的疯狂是另一些人的苦难
一个人的伟大是另一些人的荒唐

一个人的真理是另一个人的反讽
一个人的爱或是另一个人的笑谈

一个人的宗教是另一个人的人类学
一个人的信仰是另一个人的心理学

避免成为历史的笑料或另类知识
一个人就必须是又不是另一个人

辩护词

据说最终,完善的智能机器人
将取代人类。它对最后的人
做出最终判决:在这个星球上
你们的使命就是创造出我们

现在,这一游戏可以结束了
对丝毫不差地解决机器问题
人力就是添乱。在庞大的数据
系统里,人的消失是完美的设计

就像诗人所做的,他们渴望消失在
文本之后。就像上帝之死。最后的
辩护词,不会出自软件设计师
喜欢大数据的人已陷入可怕的疯狂

面对最后的审判,从文本后面
漫游奇境的爱丽丝将再次说出
最终的辩护:可是我会流泪
我的心会悲伤,身体会感到疼痛

论 恶
——读《罗马史》

恶并不是独裁者的专利
每个信奉强权的人都在为他加持

当胥吏把绳索套进他们的脖颈
他们会怀着提升的希望自己把它勒紧

甚至美梦不会被一声尖叫打断
权力是一种精巧迷人的装置

无数哲人以"高贵的谎言"遮人耳目
与独裁者玩着老鼠捉猫的游戏

它的玩法亘古不变,如果权力
没有戴着神的面具就无从为恶

不幸的是每个信仰强权的人
都在为新神开光要求血的祭礼

论神秘

一切没有意识的事物都神秘
海浪、森林、沙漠,甚至石头

尤其是浩瀚的星空,一种
先验的力量,叫启蒙思想战栗

而那些疑似意识的物质,在白昼
也直抵圣灵,花朵和雪花

它微小的对称,会唤起
苏菲主义者的智慧。其次是

意识的懵懂状态,小动物
在奇迹的最后一刻停止演化

并且一般会把这些神秘之物
称之为美。神秘是意识的蜕化

乡俗不会错,必须高看那些傻子

和疯子。这首诗也必须祈求谅解

论晚期风格

晚期这个概念
总让人想到一种不幸的经验
然而,我想象的晚期是一种力量

但即便不是指向
疾病,它的阴影也向耄耋之年倾斜
而它仍然不过覆盖了全部失望经验的一小部分

我知道一种悲哀,是他的年岁
比他生活的大部分街区都更古老一些
这意味着一片落叶不可能找到根

这意味着湖将要出发去寻找河流
就像古老的史诗所叙述的起源和原始事件
逐日接近戴着面具的神祇

歌德提供了定义晚期的另一种
可能,"我们要在老年的岁月里变得神秘"
或是一种出发的意志

向着一面巨大、缓慢而陌生的斜坡
湖进入河,河进入溪,溪流进入源头的水
一座分水岭:晚期

出现在个人传记里,一部
必须参照欲望和不幸加以叙述的编年史
然而,晚期风格

只存在于一个人最终锻造的话语中
这就是他的全部力量,在那里
他转化的身份被允许通过,如同一种音乐

论　诗

在小小的快乐之后
你甚感失望：写诗寻找的既非真理
也不是思想，而是意外的比喻

为什么一个事物必须不是它自己
而是别的东西，才让人愉悦
就像在恰当的比喻之后

才突然变得正确？人间的事务
如果与诗有关，是不是也要
穿过比喻而不是逻辑

才能令人心诚悦服？而如果
与诗无关，即使找到了解决方案
也无快乐可言？如此

看来，真理的信徒早就犯下了
一个致命的错误：虽然
他们谨记先知的话

却只把它当作武器一样的

真理,而不是

一个赐福的比喻

在喀拉峻草原

天山中部雪峰耸峙,一如圣殿
在诸神的黄昏里无始无终

岁月散开,每个角落都是中心
没人能将历史变为同一条河流

在草原与比依克雪山之间漫步
隔着一条阔克苏大峡谷

远望塞人,月氏、乌孙、突厥
匈奴……迟来的使者遗落了使命

活着的在时时刻刻失去瞬间
消亡的已进入无解的神话

现世权力像雪峰冰川一样凝固
昔日王朝如草原的露珠转瞬蒸发

唯有比依克雪山静谧而安详

有如回收了人世间一切衰老的神

茶卡记忆

自茶卡盐湖往西,我看见
懵懂岁月……消逝在柴达木盆地

吐谷浑国王的人马,在每个
孩子的童年就藏进了柏树山

一片种植着土豆和豌豆的土地
它们开着我最早认识的花朵

山脊的起伏与河谷地貌的
倾斜,如闻迟疑的问候

车窗外移动着的戈壁
在记忆的纹路里旋转

如当年邻居家的旧唱机
再次传来古老世界的芬芳

一个孩子如同一个迟暮老人的

远亲，亲和而又模糊难辨

论快乐

是的,一定要快乐
如果快乐是一笔财富
我就节省一些,偿还或抵押
给那些更苦的人

但快乐比虚拟经济
翻卷更高的泡沫,比产能
过剩的交流电更难以存储
身体是件脆弱的容器

快乐就是快乐的意志
在希望微茫之际兴起
当快乐出现在有权力感的地方
它就与厌倦等同

因此我必须挥霍短暂的
快乐,就像雷电在沙漠上
挥霍雨水,就像节日里的
穷人,快乐而知礼

在孩子们中间

孩子们穿着统一的校服
整齐地坐在操场上,鼓起掌来
就像灌浆季节麦田里的麦穗
齐刷刷地,在初夏的南风中

没有一棵莠草杂糅其间
没有一张脸不露出严肃的稚气
台上的人在说着习惯的祝福
"未来的世界将属于你们"

它让我在南风的微醺中错愕
世界的未来依然有争战与杀戮
依旧有权力登基和血腥的征服
而危难就蕴藏在无辜的孩童中间

无论是平庸之恶还是根本之恶
都将从体味了更深的服从中萌生
在孩子们当中,有人将发出指令
而有人会拒绝服从,拒绝鼓掌

拒绝让思想穿上统一的制服
未知的善拥有带缺陷的良知与多病的
身体,而已知的恶总能在错综
复杂的体系中呈现它单一意志的美学

记 忆

能不能借我一毛一?我想
喝碗汤。人群中的一个陌生人
轻声这样说。他看起来跟我
一样年轻,衣裳穿得比我还洁净

坐在油漆剥落的联排木椅上
我疲惫地摸着身旁的行李
抬头看看却没有回答,因为
跟他一样,在秽浊的空气中

在没有暖气的冬夜,在等晚点的
火车。可在他转过身去的瞬间
分明看见他眼里的泪水,在昏暗的
灯光下,仍能看见寒意与伤害

记忆是一笔未能偿还的债务
包含着不良的自我记录,尴尬与酸楚
那一时刻是上世纪七十年代末
在商丘火车站,春节刚过

如今伙计,但愿你早已是个暴发户
即使你仍是一个背着包袱
南下打工的老头,我也想再次
遇见你,我们该与我们的贫穷和解

一毛一分钱和一个人的眼泪
一毛钱是一个人的窘迫,是另一个
人的内疚,我们是两个年轻人
而该死的岁月曾如此贬低了我们两个

火车站

一群人被分散的无意识打量
乞丐,隐形的扒手,实名制的旅客
面孔瞬息汇入烟波浩渺的匿名性

可见的表象恍然与梦相似
但他们不如花卉,以各自的形体
为界,沉浸于有毒的无意识

或携带着愤怒上访,或怀着
所获与失望回家,亦或许
去做一桩生意或类似生意的交易

不会有人格外关注一种疲惫的步态
或询问一张忧心忡忡的面孔
他人是另一些他人的无意识

一个行走而没有动机的世界
一部情境重复而没有情节的戏剧
一种仅有人群而个人匿名的现代寓言

一张面孔偶然闪亮,透过陌生性
发散生活古老的允诺,所幸形象
远比其无意识更为美好

它们是铁路所创造的先锋戏剧
舞台宽阔,其中一个演员发现自己
坐在观众席上,搜索忘却的台词

失败者说
——读《宋论》

我不知道我们的失败已如此之久
我不知道我们会失败一生
当我们还是荆公学徒的时候
没想到我们的一生将是一场溃败

我没有想到这场败北是如此之深
在崖山之役,土木堡之变
扬州江阴洗城之后,甚至我们
也不能作为失败者继续生存

我从未料到失败不再属于我们
越来越多的,已和这场失败
撇清干系,他们已用格物
失败的竹子,举起征服者的旌旗

信仰萨满教万物有灵的种族
已放弃了巫术皈依儒释道
又改宗无神论,其实他们信仰
神圣即权力,权力即神圣

一切都烙上了野蛮的胎记
当腐败变成一场崛起,反对权力腐败
接管了腐败的权力。其实他们
在征服中再次找回了原始的巫术

连我的浙东同道也不敢秉笔直书
失败者的历史,他藏起绝世的
《待访录》,把罕见的政治智慧
用于书写一部无害的《学案》

你们已经知道,他的巨著不会
提到我,我隐居在一座船型的山上
无论春秋,在一片雾海中书写
我从未想到我的败北已如此久远

梦　魇

推门迎她时，门外昏黄
麦地塌陷，涌起无边浊浪
黝黑的巨兽——波浪——土地翻卷
瞬间吞噬一切，向下
坠落，孤岛敞开深渊

不知为何我的心中
藏着如此之深的惊恐
在无名恐惧的深处
居住着什么样的幽灵
什么又是它白昼里的替身

开封郊区麦田已近焦黄
只有噩梦才能将麦浪变成海浪
语言中的比喻有时是自由
此处则是噩梦的词根
而恐惧并非起源于比喻

在陈子昂墓前

是的,或许从年轻时你就在掂量
书房的安静距囚禁之地究竟有多远

从年轻时就评估你书写的文字
和那些坦率的谏言是否早就

足以成为一场诉讼的证据
如果不是时代的宽宏大量

早该让八品胥吏沦为一介囚徒
而况那样多的鹰犬等待一展身手

或许你终将明白,至高的权力
无须拾遗,至尊权威何容补阙

前不见先贤,且将自我之狱
筑进梦里,来者皆有不善

你未在朝廷服刑一般度日

却在射洪的牢狱了断一生

念天地之悠悠，容不下一种赤诚
阿谀取代了谏言，独怆然而涕下

清晨的德性

我想写下世界清晨的诗章
执笔书写万物的澄澈

无论心智之悦还是智慧之痛
渴望的都是冉冉上升

就像依旧生活于年轻而陌生的种族
它的祭司在黎明时迎向太阳

就像在西周的第一个早晨
一位贤者写下关于变易之乐章

"君子以自昭明德"
每个词语都焕发着青铜的光

如今所有真理到了我们手里
都已变成腐败之物

若至迟暮之年,依旧未能自昭

才有违君子光明的德性

论谣言

到来的已是每个人的末日
唯谣言带来一线曙光

谣言来自宫廷,来自草野
谣言来自涣散无望的人心

所谓的真理——谎言让人们分离
唯谣言让人们虚假地团结一致

人们传播谣言,就像胡乱地
瞎碰运气;人们怀疑谣言

唯恐它像希望一样消失
将一种不明朗的未知葬送

谣言是语言的烟花爆竹
或许过后只是一地垃圾

谣言是话语的节日

庆祝将要发生的事件

为谣言带来的晦涩快意
此刻我写下这么一首破诗

论死亡

没有人会一下子死去
事实上连猝亡者也不是

注射了伪劣疫苗的孩子
毒性带着好转的期盼

在整个社会肌体中缓慢地发作
被毒化的意识比一切毒物更致命

每件事的事理都消失在
势利之中,让人心慢慢死去

残余的爱会在无泪时耗尽
而灵魂多半湮灭在肉身枯槁之前

每个人都将死于一场慢性谋杀
也将得到死者完美的配合

对此不会有人怀着下地狱的恐惧

死就像是一场怯懦的越狱

夜闻苍山

既不是沙沙声，也不是哗哗声陷入
混战人群的嘶喊夹杂着风雨
吼声像一张张脸紧贴着窗玻璃

千军万马嘶鸣犹如松涛
让苍山复活为亡灵的战场
为它们瞬间的生死发出呐喊

无数战死的游魂不甘失败
在冬天夜雨中再次醒来
为废黜千年的国王而战

是战死洱海的唐将李密
全军覆灭的十万军士再度集结
还是背叛了盟约的纳西人

带领蒙古铁骑绕过关隘翻越苍山
冲杀而来？峡谷山岩层层纹路
暗中录下千百年来的嘶喊

松林、冷杉、杜鹃、虎耳草
每一片阔叶每一片针叶每一片灌木丛
都加入了游魂群集的嘶喊

让一场消失了的战争在夜雨中
在云豹、黑熊、黑颈长尾雉的鸣叫中
在独自醒来的耳中复现

他们张着合不拢的嘴,直至
最后时刻发出听不见的怒吼
既不是嗡嗡声,也不是呜呜声……

在他人的土地上

在听一支歌。反复地
播放,想起我总在他人的
土地上,得到快乐——

我总在他们的土地上
在绿洲和山间漫游。即使言语不通
也能以抚胸礼互致问候

在他们的胡杨林边
和巴扎上闲逛,吃红柳烤制的馕
品尝白杏、无花果和葡萄的时刻

在宴饮之后听老人们弹奏都塔尔
吟唱木卡姆。观看年轻人
随着狂热的节奏起舞

虽然我知道他们并不那样快乐
也不富足,可我总在走过他们的土地
穿过他们的巴格时被赐予充裕的喜悦

我总在他人的土地上得到
内心的安详或突然而至的战栗
在他人的风景里忘却自己的苦恼

如今总听见一些叫人难过的消息
却没有为他人辩解的证据
只有他们的音乐，在反复

像一种无法送达其地址的救赎信息
反复地播放，我听见他们的歌声
一遍遍重申，如同一种承诺

致幻的蘑菇

在夏日的森林,在高海拔的
针叶林间,在掉落的松针
和斑驳的苔藓地面
开放着一些白色的

红色的伞盖,还有黑色
棕色与黄色的小伞
熠熠闪亮:牛肝菌
见手青、鸡枞、松露……

据说吃了烹调不当的见手青
就会看见一排跳舞的小人
有个妇人误食有毒的菌子
她看见女儿回到了人间

又像从前一样,她与女儿
一起出门散步,一路谈笑
人们看见她神奇地恢复了
往日里的欢乐模样

每天她独自漫步,说话应答
旁若有人。人们说她中魔了
一个邻居不忍她这样疯掉
好心将她送往医院

医生解除了她身体中的毒性
但清醒后却再也不见了女儿
这让她比从前更为孤苦
绝望之下将邻居告上法庭

这不是一个难断的案子
这个故事有一个寓言式的结尾
是的,谁愿意纠正自身的幻觉
毕竟真实更难以承受

当夏季里一锅菌子散发出香味
当人们陶醉于味觉的旋律
让他们暂时忘却,人各有各的
苦楚,也各有各的毒蘑菇

论词与无

我从不能坦然地说出或写下
"灵魂"这个词,当我犹豫着
就像准备说谎,心中发虚

拿不定主意该如何选择合适的字
事实上关于"灵魂",你一无所知
怎么能谈论根本无知的事情呢

与之相似的都藏身于"真理"
或者"精神",使用这些词
就像是盗窃根本不属于自己的东西

我听说过一些意见,也模糊地
得知一些感觉或渴望,但确不知
谁真理在握且其精神高山仰止

在雪线之上,没有生物的地方
空气纯净,然而呼吸困难
唯有下降是获得拯救的途径

有些词语早已不再呼吸，有些知识
着实让人一无所知，犹如出生之际
就在意识中安装了没有痛感的假肢

说出这些感觉此刻确有一丝隐痛
但说话的并不确定就是"灵魂"
可我也不知道它是否就是"意识"

彩 虹

清晨,抬头看见窗外
一道彩虹,刚被风雨洗过
呆呆地看着,这世俗世界的一道光晕

彩虹的一端落在不远处的山坳里
在一株巨大的冬樱花树后面
在一座白族人房屋的旁边

一个古老的故事里说
如果一个孩子现在用狗屎
涂抹彩虹的一端,将它魔法般固定

沿着这条虹桥走到另一端
就能找到下面深埋的金子
那过去的,令孩童惊喜的信念

如今彩虹不再象征着什么
它带来一种近似愉悦的平静
让人深陷于过去时代的凝神

一种怅惘的疑虑
为什么一切美好之物都丢失了
幸福的内涵？美只剩下表象，随风而逝

它是怎样将事物的寓意弄丢了
就像一首诗，难道不渴望
从轻佻的游戏转化为平淡日子的奇迹

无 名

那不是一种不断闪烁的希望吗
表象的闪烁,闪烁——

在不经意的时刻,一个夺目的表象
赎救了世界又在片刻之后将其遗弃

它留下的震动就像希望
渐渐微弱,却还会不期而遇

深呼吸

我很少自觉到呼吸。此刻
当我轻轻地呼吸——
又一次深深地，吸气——

空气就像某种抒情的乐句
那样荡气回肠了，空气
变得甘美

我怎么时常忘记了
这随身携带的享乐呢
深呼——吸，一种音乐

呼——吸——，一种安静的聆听
在自身做气息的演奏
深呼吸，如同一个乐句

瞬间改变了时间的流速
呼吸——从意识层面转换
无意识深呼吸，打开隐秘的源泉

开启身体节律与大气流之间
无尽地回旋，交换。在阅读
这个句子的时候，也请放慢节奏

深深地，呼吸——轻轻
呼吸你自身深处的灵气
——呼吸你自身甘美的真理

让书写的句子也——深呼吸
阅读转换为呼——吸——
享受言词的甘美

让深呼吸——进入语言
轻拂话语的边缘
和呼——吸——之间的沉默

论衰老

> 通过断裂找到了一条路。
> ——德勒兹

一个思想者在晚年写道:"我的健康
正每况愈下。它不是一种疾病
而是一种状态。"从疲惫到衰竭

衰老拥有一种特权,它豁免了
义务、计划、考核;从种种失望
和无法企及的自我期许中解脱

连盯着每个人的老大哥也放你一马
似乎一旦衰老与疾病住进
你的身体,监视即可撤销

思想的健康往往来自疾病
比如席勒,从年轻岁月开始的病痛
让他避免了时代痼疾的传染

成为一个格外干净的人。疾病让
未来提前预支其价值。无法治愈的
疾患比哲学更方便拆解主体性

身体的孱弱和思想的健硕
曾在超人的强力意志中印证
如今也同样:"写作用不着

你的自我,同样也用不着
你的疾病。"去开口大笑去呼吸
去赞颂,生命不是你的历史

那么死也同样。他写给病患中的
老友:只要你还能够提笔写作
超越我们的生命就会继续

后记

年轻的时候梦想成为一个"诗人",似乎这两个字眼在那个时代里散发着苦难与天才的灵光。后来却一直从事文学批评,也喜欢写一点随笔或札记。

写诗于我变成了生活中的片刻停顿,似乎是一种"思想的休息",虽然这些习作写的貌似并不轻松。就投入的时间或工作的重心而言,似乎应该是批评、随笔、诗。

理论与批评的语言总是喜欢尽可能清晰的概念,为此要驱逐意象、形象和隐喻,一旦观念的话语糅合了形象、隐喻,意识活动就自动向无意识的边界移动。一边睡,一边醒。就像夏天的阵雨,路的这边下,另一边晴。这是诗寻求的话语。——我总是滑入隐喻,为了在写作中入睡,为了意识的休息。

而写诗就像片刻的入睡,就像"在午后,断续的",时间虽短,却能够奇异地恢复意识的活力。绝对理性是普遍的失眠。因此我不太理解从事思想生活的人可以不写诗,或不读诗。

这是我第一次正式出版诗集。大约包括了从1988年到2018年的大部分习作。看来这三十年间休息的时候不多。转眼已过耳顺之年。

感念续小强先生记得这些零零碎碎的写作,让它们得以结集出版;感谢文飞为这本小书付出的时间与耐心。感谢每个可能阅读这些习作的朋友的宽容,它带来的可能不一定是我所希望的"思想的休息"。

耿占春

耿占春

1957年生。河南柘城人。

1980年代以来主要从事诗学、叙事学研究、文学批评与文化批评。

现为海南大学人文传播学院教授,河南大学特聘教授,北京大学新诗研究所研究员,博士生导师。

曾获得首届紫金文艺奖《扬子江》评论奖、首届东荡子诗歌奖、2018年度陈子昂诗歌奖、第七届华语文学传媒大奖2008年度文学评论家奖。

代表作品

《隐喻》1993

《痛苦》1993

《话语和回忆之乡》1995

《观察者的幻象》1995

《群岛上的谈话》1999

《改变世界与改变语言》2000

《中魔的镜子》2002

《叙事美学——探索一种百科全书式的小说》2002

《叙事与抒情》2005

《在美学与道德之间》2007

《失去象征的世界——诗歌、经验与修辞》2008

《沙上的卜辞》2008

《书的挽歌与阅读礼赞》2012

《退藏于密》2012

《我发现自己竟这样脆弱》2019

我发现自己竟这样脆弱

出品人	续小强	选题策划	刘文飞	责任编辑	范 戈
复 审	陈学清	终 审	贾晋仁	书籍设计	张永文
印装监制	巩 璠	项目运营	有度文化·刘文飞工作室		

投稿邮箱｜liuwenfei0223@163.com

微 博｜http://weibo.com/liuwenfei0223　　微信公众号｜txsk2013_